Ilustración
Jorge Posada

Te espero en el cielo

(Trisagium mortis)

Blanca Irene Arbeláez

Te espero en el cielo

(Trisagium mortis)

***

Book Press NY
www.bookpressny.com
New York, NY

Una división de New York Book Fair Expo, Inc
www.newyorkbookfairexpo.com

ISBN 978-0-9847030-4-3

Ilustración de portada: Jorge Posada

Printed in U.S.A

Quien le enseña al hombre
a morir, le enseña a vivir.

Montaigne

***

Llegó con tres heridas: la del amor,
la de la muerte, la de la vida.

Miguel Hernández

***

La muerte no es nada del otro mundo.

Dicho popular

Capítulo I

Bajo la lluvia

La lluvia cae en mi cara y en la espalda de Juan Restrepo, la sangre se mezcla con el agua. Algunos perros pasan y olfatean los cuerpos, aúllan y se alejan enseguida. Hace media hora, recibí un par de tiros fatales para cualquiera, pero recién me doy cuenta de que estoy muerto, porque me encuentro bajo un halo de luz intensa, atraído por una fuerza mayor. Un dolor profundo me desgarra el alma, separándola de mi cuerpo inerte. Después viene una sensación de placidez indescriptible. Puedo ver al final las manos de mi padre y mi madre extendidas hacia mí diciendo:

—Dennis querido, ha llegado tu turno, hijo, no temas y síguenos. Aquí te esperamos.

Ahora camino a la finca *El Piñal* de Ulloa Valle, Antioquia. El sol ha perdido fuerza y la noche recobra terreno. Trajino agarrotado bajo una pesada tormenta por el sendero resbaladizo cubierto de hojas amarillentas, ansioso por llegar, sudoroso, aunque el frío parece congelar mi piel y hasta el alma que tal vez aún me acompaña. Voy subiendo los escalones de piedra junto al jardín de rosas que en diferentes gamas Perla mi hermana cultiva en honor a mi madre. La casa está rodeada de helechos colgantes donde las mariposas revoletean como danzando. Llego hasta el corredor de chambranas rojas poblado de geranios y auroras que aun en la noche expelen una delicada fragancia. De las ocho habitaciones, sólo la sala y la cocina reflejan todavía algo de luz.

Destilando agua y yendo en puntillas a lo largo del corredor hacia mi aposento, cuidando de no hacer mucho ruido, me da la sensación de que una de las tablas va a partirse, carcomida por el tiempo y la polilla. La semana pasada quise cambiar dos de las tablas, pero mejor les clavé más puntillas y las afirmé. El cielo parece roto y un concierto de lluvia cae sobre las tejas musgosas, rojizas de moho. Mi esposa Rosario posa recostada en un sillón de la sala donde el gato suele dormir sus largas siestas. Adriana, mi hija de escasos nueve años, interroga con los ojitos a los adultos que parecen no responder todavía. Rosario le acaricia la espalda y pasa la mano por sus trenzas sin decir un monosílabo y con la mirada ausente. El resto de la familia está sentada en las butacas y en la banca larga que mi padre construyó hace más de veinte años. Esperan que la tempestad se calme mientras conversan y toman tinto.

Sin ser visto llego hasta mi habitación. La tormenta hace vacilar la energía y se produce un apagón, lo que me obliga a buscar en el escaparate el candelabro oxidado que usó mi abuela materna para velar en las noches por sus catorce hijos.

—Lo tengo, ¡qué bueno! Ahora vamos a ponerle esta vela y menos mal que quedan dos fósforos en la mesita.—

Me digo, con el propósito de relajarme un poco en la mecedora, que aunque tiene una pata remendada, no creo vaya a tumbarme. Desde allí, sentado en la semipenumbra, mirando la lluvia tras los cristales sucios de la ventana, enciendo el radio de pilas y a poco volumen comienzo a escuchar una canción de Raúl Santi, la cual tarareo a media voz: *"Ya me voy / y que seas muy feliz. /Está bien, se acabó, / pero escucha, no fui yo el causante de este adiós... / Nunca más cruzaré por tu calle, / para qué me atormento el corazón..."*

Las fotos sepias pegadas de la pared parecen hablarme. Hay fotos de todos: Mis abuelos sentados con sus vestidos de la década de los 40, la primera comunión de mis hermanos y la mía. Me veo con un pantalón que me llegaba hasta la cintura y con el corte “Humbertico”, con ese mechoncito en la frente que no me gustaba para nada. También está la foto de mi madre sentada en una banquita destartalada ordeñando su primera vaquita, ella tan bella con sus trenzas largas y doradas. Así mismo una foto de una prima que me gustaba mucho cuando estudiábamos juntos y éramos cómplices en las maldades que les hacíamos a los demás niños. Pero la mejor es la foto de Rosario cuando éramos novios, sentada junto a un laguito, allí donde solía visitarla para acariciarla y meter mi mano hasta tantear esa orquídea oculta bajo su vestido. Cuántas veces quise despetalar esa flor antes de casarme, pero ella no me lo permitió. Sin duda que era toda una señorita de buena familia, de modales exquisitos aunque con los deseos ya a punto. Era bellísima, delgada pero esbelta, con sus cabellos negros llegándole hasta las nalgas. Recatada para vestirse, se veía siempre fresca y rozagante. Observo con detalle la foto de mi matrimonio, en ese entonces recién cumplía mis veintitrés años. Rosario sólo tenía dieciocho. Con el tiempo las fotos, igual que las personas, se van ajando. Ella aún está hermosa y conservada; lástima que el amor se ha escapado por la ventana, como el humo de un cigarrillo. Nuestro matrimonio, al igual que un chicle, se ha vuelto insípido y fastidioso. Aquella orquídea, más pronto de lo que imagino, será de otro que se deleitará con su suavidad y aroma. Ella, como la alondra, volará hacia otros rumbos, ya libre de mí y sueltas por completo las alitas encontrará el destino feliz que merece. Por el momento, aunque dormimos juntos, la monotonía de la rutina y la frialdad empiezan a congelarme el corazón. Discutimos muchas veces y en apariencia arreglamos los asuntos bajo las cobijas, pero no es ya suficiente. Todo entre nosotros ha muerto.

Examino mis acciones y comportamientos con mi familia y amigos, y aunque no soy un ser religioso, ni me mantengo lamiendo ladrillo de iglesia cada ocho días, ni comulgo ni me confieso desde que me casé, creo que he sido un buen cristiano, y reconozco que debe haber un poder superior que gobierna la vida. Les sirvo a mis vecinos con lo que puedo, me saco el bocado de la boca para dárselo a quien lo necesite. No albergo sentimientos de envidia ni odio hacia nadie, pero no quiere decir tampoco que sea yo un pendejo que se la deje montar de cualquiera. Y después de todo, también he sido un marido cumplidor con Rosario, así se haya acabado la pimienta, como dije. Igual lo he sido como papá y también como patrón: pago a los peones un tantito más al escondido de mi hermana, que es capaz de morirse joven por ahorrar tiempo.

En fin, pienso que al cabo de todo esto, soy lo que se dice "un buen muerto", y es muy probable que San

Pedro me abra la puerta del cielo. No soy tan mala persona, todo el mundo lo reconoce; y razones no les falta.

De pronto el viento ha empezado a arrastrar nubes a lo largo de las montañas y empuja tan fuerte que amenaza con arrancar el árbol del centro del patio de la vieja casona. Los relámpagos, reflejos de una electricidad que utilizaría el mundo en siete años, iluminan mi habitación mientras las mujeres, sobrecogidas, lloran y se estremecen. Entre ellas se consuelan rezando con la camándula en la mano.

Perla, se levanta del viejo sofá, acompañada por una de las vecinas que están aquí esta noche. Entran hasta la cocina y queman un ramo de pascua, invocando a Santa Bárbara, patrona de las tormentas: "Ay, Santa Bárbara bendita / que trae el sol y el trueno quita…" Coge del fogón de leña un puñado de pavesa tibia, y apurada, sale al patio para hacer una cruz de ceniza porque dicen que con eso se apaciguan las tempestades: "*Virgen de la bella madre mía, /madre del santísimo Dios, /un fuerte viento me alcanzó, / en el medio nomás de un campo verde/y cuando invoqué tu nombre, /ahí nomás paró*". Pero la noche, tenebrosa como está no da muestras de serenarse, es un velo negro sin lentejuelas. No hay un solo resplandor en el firmamento y la luna, si la había, ha huido al otro lado del mundo como alma en pena. Hasta los grillos enmudecieron en esta oscuridad.

Pero aún me parece escuchar el canto del pájaro "Tres pies" sobre el horcón que durante toda esta semana no dejó de sentirse...y no puedo evitar apretar los párpados al máximo para no ver los reflejos de los relámpagos en la pared. Quiero quedarme un rato más. La lluvia no cesa, pero poco a poco, después de los rituales de mi hermana, parece ir serenándose, perdiendo intensidad. Recuerdo que mi padre creía más en quemar "ramo bendito" del que habían llevado a sacudir el "Domingo de ramos". Los perros de la casa vecina al otro lado del potrero todavía aúllan, no sé si por miedo a la tormenta o inquietos por el relincho de los caballos en la pesebrera...o por algo más. Después, creo que me quedo dormido. Al despertar, no sé cuánto tiempo ha pasado. La lluvia ha cesado, nada se oye, el sueño ha vencido a todos. Debo salir, debo prepararme a cumplir con el llamado del tribunal mayor del cielo. Es algo que no puedo aplazar más, tal como me lo dijo el viejo Donato Jurado. No puedo ya negarme más, no puedo faltar. Y aunque no estoy preparado para este viaje, como la mayoría de los mortales, llegó la hora de afrontarlo. No es necesario llevar mucho equipaje porque allí tendré todo lo necesario. Estoy deseoso de ver a mis viejas amistades y a las otras viejas. Entro en la pesebrera sujetando el apero, pero mi caballo no quiere dejarse ensillar. Los caballos son muy inteligentes y sensibles y sólo tienen cuentas con los más vivos. Tendré que pasar dificultades antes de llegar al terminal de transporte, este táparo se rechinó. ¡Qué carajo!… Me tocará caminar por horas.

Pasa mucho tiempo, no sé cuánto y el cansancio es tenaz, quisiera regresarme, pero no…"¡Soy un verraco!... Debo continuar. A lo hecho, pecho"—digo en voz alta.

El viaje se tiene que realizar en nueve días, por algunas cuentas que tengo que pagar durante el desplazamiento. No pude despedirme de todos mis familiares y amigos, pero alguien les avisará de mi ausencia. A otros, yo mismo, después, les dejaré saber en sueños o les avisaré con un golpecito en la ventana.

Esta semana, especialmente el viernes, hace dos días, Perla observó que estaba parado en el horcón un pequeño pájaro color gris terroso, junto al tanque de la cocina. Ella lo identificó cuando estaba recostada en la chambrana por entre las matas de geranios que colgaban, y se puso en la tarea de espiarlo: era un pájaro de mal agüero, siniestro y muy temido. Se persignó y evocó a su santo:

—"San Isidoro, que no cante, te lo imploro".

Pero el pájaro cantó con tres silbidos prolongados y tristes como diciendo: "tres pies, tres pies, tres pies". Mi hermana se asustó porque para ella y para muchos en la región, el silbo de ese animal predecía desgracias con su tétrico canto. Me comentó que aunque no era miedosa, una noche, cuando se encontraba en lo más profundo del sueño, fue despertada de pronto por una mano fría que rozaba sus pies. Prendió la luz pensando que Adriana, mi hija, se había levantado a orinar, pero no vio nada. Un olor a sudor de hombre recién llegado del cafetal se regó en su cuarto, dispersándose sólo al cabo de unos minutos. Cuando lo contó, a la hora del desayuno, todavía asustada, le respondí que eso le pasaba por no lavarse "esas patas llenas de pecueca". Al sábado en el esplendor de la tarde después del almuerzo, tocaron la puerta de una manera agitada, y Perla dijo:

—"Santa Alicia bendita, que no sea una mala noticia".

Y se dirigió a abrir. Le entregaron una nota en una hoja de cuaderno, después de leerla sintió escalofríos, la arrugó entre su puño y sintiéndose impotente, como desvalida ante una situación inesperada, llamó a Jairo mi hermano:

— ¡Tenemos que ir a ver a alguien inmediato!

Una hora más tarde llegó a ese lugar nada agradable para muchos.

—Sí, señor comandante, en efecto es él, no tengo ninguna duda.—dijo Perla. Y el desaliento la envolvió en ese momento, mirando el cuerpo que yacía allí, pálido y rígido. Una vez identificado, salieron del recinto y esperaron otro par de horas.

Había llegado al muladar el comandante, con sus secuaces, como a las tres de la tarde para hacer el levantamiento. Escribieron algo en una libreta, tomaron unas fotos, midieron no sé qué vainas. Me envolvieron en una bolsa blanca con cremallera y al otro viejo que todavía respiraba se lo llevaron al hospital. Llegamos a la comandancia, me tiraron en una poceta de loza blanca, me bañaron con agua fría y sin jabón. Después me pusieron sobre una mesa de cemento en un lugar parecido a una sala de cirugía. Cuando llegó el patólogo, vestido como un carnicero, de bata blanca, lentes gruesos para cegatones, empezó a realizar mi autopsia. No es nada agradable ese hachazo en el pecho para perforar costillas unidas al esternón y mirar mis vísceras. Pobre quien tenga que lavar esa bata salpicada de sangre. El hombre tomó muestras, pesó órganos continuó fumando y escuchando jazz en un viejo transistor. Con el fastidio que le tengo al cigarrillo…Y otro humeando encima de mí. ¡Uno muerto si no vale nada! Después que cerraron mi cuerpo con cáñamo, atascaron mi boca y taponaron con algodón impregnado de formol mi "culeco", quedé en manos de los empleados de la funeraria. Rápido me pusieron el "ajuar", como vistiendo un muñeco y mi familia se dispuso a darme el último adiós, para este viaje que ustedes también harán, tarde o temprano, sin falta.

—Mira…lo maquillaron, parece dormido. Tan lleno de vida, con todo un porvenir por delante… Yo creo que se suicidó por la tal Rosario, lo vi muy callado estos últimos días —dice Perla.

—No, hermanita—dice Jairo con dos lagrimones corriéndole a lo largo de sus mejillas.

—Éste es el resultado de una deuda de honor entre hombres, acordáte lo que pasó con la vaca, eso fue muy teso para él, aunque este trago tan amargo nos toca ahora a nosotros.

—Estúpidos hombres —alega Perla —que creen que todo lo pueden arreglar a machetazos. Hasta dónde los puede llevar ese maldito machismo. ¡Qué honor ni que mierda!...Es mejor que digan "aquí corrió fulano y no que digan, aquí cayó". El cementerio está lleno de valientes, pero los cobardes son más vivos, están más tranquilos paseándose de un lado a otro.

Se abrazaron en silencio, sellados los labios por el silencio y salimos rumbo a la casa, aquel rancho hermoso que me vio correr de niño por sus largos corredores, donde de vez en cuando había canastos y botas pantaneras de trabajadores, y donde me deleité viendo a los gatos haciendo el amor en el tejado, lo que despertó en mí los primeros instintos sexuales. La casa donde viví tan feliz esa niñez plena y mi adolescencia sana e inocente. La casa donde disfruté de un hogar dichoso y donde también veo ahora llegado mi final.

El Valle de las Lágrimas

Amanece por fin. Puedo ver los primeros rayos del sol descendiendo por las lomas y a los campesinos arreando las mulas cargadas. Llego hasta el sitio donde suelen esperar los pasajeros. Se respira cierto olor a carne en descomposición. Grandes moscas azules me rodean y el misterioso frío que me recorre de pies a cabeza.

Me preguntan:

—¿Hacia dónde se dirige?

—Quiero ir a…hummm…La verdad, todavía no lo sé, pero debo ir primero al Valle de Las Lágrimas, creo. Allá decidirán, después de que rinda indagatoria.

—De todas maneras —dice el chofer, sudoroso y gordo —todos debemos pasar primero por El Valle de las Lágrimas.

—Yo tengo una cita muy importante, y no debo hacer tantas paradas —respondo.

—Sí, amigo, pero indispensablemente debemos parar esta tartana en el Valle, porque debemos echarle combustible y entrar al baño a cagar y a mear. Si está de mucho afán, pague un expreso. Solo los niños y celibatos que viajan a El Cielo, se van en un vehículo especial y llegan derechitos allá.—

El pensamiento es tan veloz que puedo pensar todas estas cosas casi al mismo tiempo. Me recuesto sobre un muro a dos pasos de la chiva o escalera como la llaman algunos. Esperando la hora de la salida, comprendo que la vida es un paréntesis muy breve de luz en la oscuridad ilimitada de la muerte, y ella misma invade incluso a destiempo esa poquita luz de la vida, en cualquier lugar y a cualquier edad, sin importarle si hemos o no realizado nuestro humilde o gran destino en el mundo. Entre toda esta población de cuerpos en descomposición no hay ya diferencias. Ricos y pobres, negros y blancos, idiotas y genios, todos vamos desfilando silenciosos, prontos a emprender el largo viaje a lo desconocido. Hubiera deseado vivir cien años y no ser banquete para los gusanos a los cuarenta. Para qué la vanidad y las riquezas, aquí todo se acaba. Nada queda ya de mi ropa, mis botas, mi sombrero…como de la finca, mi hija querida y de mi esposa. Bueno, alguien se hará cargo de ella en corto tiempo, todavía está joven y apetitosa. ¿Qué es lo único que queda después de morir? El recuerdo de lo que hayamos hecho, como una página escrita en el libro de la memoria humana que alguien siempre podrá leer a través de los tiempos, así como todavía hablan de Sócrates, Platón, Aristóteles o de Pericles, el gran político y orador de Atenas. Pero, ¿hice algo destacado en la vida para que me recuerden?

—¿Se queda, amigo? —me pregunta alguien. Han comenzado a abordar en el camión de escalera, así que dejo mis pensamientos para después.

Decidido, subo también y busco el último asiento, junto a una hermosa pasajera que alcanzo a ver desde la silla del chofer. Y es que hasta en la muerte todavía seguimos deseando, sintiendo cosas que... ¡Qué mujercita, por Dios!... Flaquita, blanquita y de cabello largo, hummm...

—¿Puedo?

—Por supuesto, hay puesto para todos. —contesta ella, cruzada de brazos, sin despegar los ojos de la ventanilla, como ensimismada en el paisaje. De reojo contemplo su piel, que aunque sé que también comienza a corromperse, se ve todavía fresca y atrayente. Su cabello castaño me recuerda el de las ninfas de un cuadro que teníamos en la casa, que parecían estar siempre sonrientes para mí.

—¿Alguien más viaja contigo?

—No. —Me dice con un tono seco, esquivando la mirada y sosteniéndose la cara con una mano.

— ¿Cómo te llamas?

—Sarai Betancurt.

—Encantado, señorita, me llamo Dennis Peñaloza Cardona, para servirle.

—Gusto de conocerlo, señor —dice por fin en tono más amable.

—¡El gusto es mío, princesa!...—Nos damos la mano en señal de amistad, confirmada con una sincera sonrisa, pero en la palidez de su cara se revela cierta aflicción que me intriga.

—Tiene porte de jinete, lo digo por la forma en que se sienta. ¿Ama los caballos?

—Pues tienes razón, de hecho tengo cuatro caballos: dos colorados, uno negro y una yegua blanca. —le digo, contento de que esté entrando en confianza. —Pero no pareces estar muy contenta de viajar…

—Y cómo he estar contenta si a donde voy no tengo conocidos y nadie me espera, además, no quería viajar todavía.

—¿Y tu familia, marido, novio, o lo que sea, dónde están?

—Ahí, esa es una historia larga. —dice, cambiando el tema. Me cuenta que allá en el Valle de Las Lágrimas hay mucho malandro, no se puede dormir y te hacen la vida pedazos.

—Sí, eso he escuchado decir, pero ya verá señorita, uno siempre a donde va, encuentra gente buena, además usted no va sola, ahora va conmigo y mientras esté a mi lado, nadie le hará nada. —termino diciéndole.

—Gracias, ojalá y así sea.

Han transcurrido como veinte minutos y mi estómago se revuelve todo porque este prosaico vehículo se zangolotea más que un caballo brioso. Es como viajar de Ulloa a Filandia Quindío por esa carretera llena de canalones. En uno de los asientos de la mitad del vehículo, va un sexagenario gordo, pidiendo una bolsa plástica porque tiene deseos de vomitar. Se trata de don Nepomuceno Carvajal, un hombre que ha trabajado con mi padre en la finca cuando yo era niño. No se percata de mi presencia cuando paso por su lado o no me reconoce, tal vez. No quiero echar a perder mi compañía con Sarai, y prefiero hacerme el de la vista gorda.

Trato de mantener la conversación con Sarai, pero la encuentro temerosa. Se queda mirándome con una entristecida sonrisa y sin parpadear, hace un gesto como si fuera a decirme algo, pero me adelanto a preguntarle:

—¿Cuál es el motivo de ir a ese lugar? —suspira entonces decidida a contarme:

—Usted me inspira confianza. Creo que es todo un caballero y sé que puedo desahogarme, lo necesito, y ya que está dispuesto a oírme, se lo agradezco.

—Claro que sí, el viaje es largo y tenemos suficiente tiempo —le digo.

—Estaba casada con un hombre que me maltrataba físicamente, se paseaba con toda vagabunda que encontraba y, ahora último, tenía una amante fija, y hacía como una semana que no aparecía por la casa. Tenemos dos niños de cuatro y seis años, eso sí, es muy buen padre y los quiere mucho. Pero a él, yo no lo soportaba ya; hasta que un día Leandro Robles, un amigo de confianza, fue a buscarlo para un negocio y, como él no estaba, conversando le conté mi situación. Era un hombre tan bello y tan perro a la vez… que terminó convenciéndome de dejarlo e irme a vivir con él. Imagínese: me le volé con su mejor amigo y sabía de antemano que me estaba metiendo en camisa de once varas.

—Porque ya no podías aguantar esa situación…

—Sí, pero no hallaba salida, me buscó por todas partes durante tres días, hasta que una vieja chismosa que era vecina, le dijo de nuestro paradero con pelos señales. Ese viernes hubo una tempestad muy grande, pero el sábado amaneció haciendo bonito día aunque con nubarrones. Leandro y yo nos fuimos temprano para Piedras de moler a bañarnos en el rio La Vieja, y llevamos los niños. Nos sentamos un rato y luego nos metimos al agua, cuando sentimos hambre decidimos ir a comprar algo de tomar para comernos el fiambre que habíamos llevado. Dejamos a los niños jugando cerca a la orilla del charco mientras regresábamos. Ya íbamos un poco más retirados caminando para la tienda a comprar unas gaseosas cuando, casi llegando al sitio, escuchamos un ruido muy raro, como el crujido de una bandada de animales.

Mientras hace su relato me doy cuenta de que está a punto de llorar, pero continúa hablando pese a que la voz se le quiebra.

—Nos regresamos a ver qué pasaba, pero no nos dio tiempo de nada, pasó la borrasca y arrastró a la gente que estaba bañándose, y con ella a mis hijos, esos angelitos a los que sólo alcancé a ver por unos segundos en medio del torbellino, antes de desaparecer. Casi me muero en ese instante, y el mundo se vino a mis pies. La quebrada cargaba con árboles, piedras, animales y pedazos de palos. Llegamos a la casa en la tardecita y Tiberio mi ex marido ya sabía lo que había pasado, nos estaba esperando. La maldita vieja Adelina lo había puesto al tanto.

—¡Ay Dios mío, Santa Pacha bendita, la que se armaría!...No llores, linda, que me partes el alma. —le seco sus lágrimas con mi pañuelo, y sigo oyendo.

—Entramos en una discusión tan acalorada que no se sabía quién gritaba más. Leandro primero le reclamó el mal trato que me daba, pero recibió un bofetón tan fuerte que lo tiró contra una piedra del suelo, y allí quedó privado. Despacio se acercó a mí con la mirada turbia y llena de odio. Me cogió por la cintura atrayéndome fuerte contra él y me acercó su boca para darme un beso violento y apestando a licor. Me besó y luego escupió, conseguí zafarme rápido, pero me correteó por la cocina donde, finalmente me venció y, agarrándome de los cabellos, me gritó: "¡Maldita basura, aborto del diablo, dejaste ahogar a los niños para quedarte sola con ese trásfuga, con ese maldito traidor asqueroso!"...

Entonces enfurecido cogió el cuchillo más afilado que encontró junto al fregadero y, enganchándome de la mandíbula con su mano izquierda, me apuñaló con la otra varias veces en el estómago y luego en el pecho, sin compasión alguna mientras me repetía: "Ahora sí puedes irte con tu macho derechito pa´ los infiernos!"...Dígame usted, quién sobrevive a esa barbarie. En el fondo sé que tengo culpa porque cuando me fui con Leandro Robles, y luego para el río, no debí haber dejado los niños solos ni un solo instante...

—¡Pero qué tragedia la que acabas de pasar, lo siento mucho! ...Esos ojitos de golondrina nunca más deben llorar. —le digo, en serio conmovido y con ganas de darle un abrazo.

—¿Pero qué pasó con ese hombre, lo mandarían a la cárcel? —pregunto, sin salir del asombro.

—No, él hizo aparecer todo como un caso de delincuencia común y nadie lo culpó. Leandro perdió la memoria por el golpe y no pudo testificar. Como si fuera poco le pasó plata al comandante, además Tiberio Peláez es de los hacendados más poderosos de esa región... ¡y qué tristeza!…a mi velorio sólo pudieron ir un par de amigas y la vieja Adelina, la bochinchosa, que tiene una lengua como para peinarse con ella, allá fue de morbosa a ver mi figura de mártir, disimulando y dándose golpes de pecho, de remordimiento tal vez. Casi nadie fue a mi entierro, nadie me lloró, quizá nadie me extrañe ya.

La congoja es evidente en sus palabras. Entonces me acomodo mejor junto a ella para decirle:

—Mira Sarai, también quiero contarte algo, porque me inspiras la misma confianza para hacerlo, como tú: —empiezo a contarle.

—Tuve un problema por unos linderos con un vecino, el tal Juan Restrepo y sus hijos. Juan y su familia tenían fama de ser ventajosos, malos vecinos y le echaban la zancadilla al que se dejara. Él quería sembrar más allá de donde estaba marcado el límite y entonces como yo no cedí, se largó una tarde callado por la trocha, pero en su mirada aguileña pude ver su mala intención. Ese silencio y sumisión aparentes me parecieron extraños. Y, claro, muy campante con su pipa en la jeta entró a mi tierra como zorro ladrón, se atrevió de todas maneras a correr el lindero casi dos metros más y regó las semillas de maíz. Muy enojado fui, cuando me di cuenta, arranqué las púas de los horcones de guadua, y lo busqué para decirle qué era lo que estaba pasando. Pero en tono agresivo me dijo:

—Nunca sembrás nada en ese terraplén, y ahora te alborotás por unas maticas…Dejá de ser egoísta, hombre, que tu papá no era así...— y le dije:

—Vos a mí no me la vas a montar… ¡Si mi viejo se dejaba joder, yo no!… Y a mi papá, dejálo quieto que él está bien tranquilito ya, no desenterrés muertos ahora. Y te advierto, cuando eso empiece a dar maíz, yo voy a coger esos choclos del lado mío, a ver cómo te queda el ojo”...

—Ni se te ocurra Dennis —terminó diciéndome el desgraciado—

—Porque te corto esa mano, ya harto sudé pa´ que vengás vos a buscarme pleito—

Pero no fui yo quien le echó a perder los primeros choclos, sino los caballos y las chivas de los vecinos que se salieron una noche, y ahí sí fue donde se embejucó el don Juan. Lo que tenía de chiquito lo tenía de comemierda. Él pensó que yo le había dicho a los vecinos que soltaran los animales a propósito y fue a madrearme, me enseñó los dientes ahumados, como perro rabioso, y hasta quería cobrarme por daños y perjuicios: “Dejáte y verés, que esta me la pagás, maldito muerto de hambre, te vas a acordar de mí, ¡eso te lo aseguro!”, me gritó, dándole un beso a la cruz que hizo con el pulgar y el índice.

Mandó a los hijos a poner arrieras en mi finca,

le dio machete a la manguera que usábamos para llevar el agua al estanque de la casa, me dejó un perro muerto a la entrada de la casa y lo último que hizo me llenó la taza ese malnacido: una noche me peló la vaca pintada que estaba a punto de parir, y le abrió la puerta a los caballos para que se largaran a pastar loma arriba. Eso a mí me dolió mucho y me enfureció al punto de querer matar a ese desgraciado, con el perdón de Dios, porque la ira es un pecado capital. Los caballos regresaron en la tarde, la yegua no quiso salir del establo. Y todo eso lo hizo sin que los chandosos hubieran dado la alarma pues los dejó callados a punta de carne que les tiró. Rosario fue la que descubrió a la *Pinta*, después de buscarla por los alrededores, descuartizada y con el ternerito muerto, a un lado de la cañada. Los gallinazos empezaban a rondar. Contó después mi esposa que el ternerito era hermoso, con pelo tan negro como el azabache y orejas grandotas. Debajo de un guayabo dejaron tres de las patas cortadas, las mismas que debí haberle metido por el trasero a sus tres hijos; la otra pata se la llevó tal vez para hacer jalea.

Mientras le cuento todo esto, Sarai me mira con los ojos abiertos como si le fueran a echar gotas y dijo:

—¡Pero qué horror por Dios! ...Ese hombre es el mismísimo demonio.

—Supe que fueron ellos porque la niña mía, que me acompañó después, encontró una peineta con el nombre de Joselito, uno de los hijos de ese malnacido. Aquel domingo los Restrepo no fueron al pabellón a comprar los cuatro *ñervos* que llevaban para el sancocho, pero sí pasó la catana esposa de don Juan, con su manto negro, agachada con la camándula en la mano dizque a misa a rezar en compañía de Manuela, la hija solterona, una culona que no levantaba marido desde hacía tiempo.

Viéndose acosado por el citatorio para comprobar su inocencia, esa misma semana, no le quedó otra alternativa que acudir al juzgado a la indagación, aunque nada se pudo demostrar por falta de pruebas más contundentes, porque decían que bien podía haber sido que por accidente la vaca rodara por el peso y otros aprovecharon su carne. Fue así como nos pusimos una cita y arreglamos eso como hombres. Le dije a mi esposa que me buscara la escopeta y rezara el resto de tarde por mí aquel sábado, y no le fuera a decir nada a mis hermanos para que no intervinieran, y así lo hizo. Eran casi las cinco y media de la tarde. Discutimos un buen rato y en medio de insultos sin testigos empezamos a disparar al aire primero. Hasta que le grité:

—Te da miedo guevón, disparáme si sos macho.

De verdad que el apellido se me había subido a la cabeza, y la sangre se aceleraba como nunca en las venas.

Como no lo hizo, le disparé primero en el estómago, al

caer me le fui encima a ese "Medio metro" ya herido y forcejeando en el suelo.

—¡La madre que te parió!...Creés que por ser más viejo que vos no te puedo vencer...—decía con voz lastimera y gutural.

Nos levantamos otra vez, estaba dispuesto a dispararle por segunda vez y ahí fue donde entonces él decidió defenderse y me disparó dos veces con su revólver. Con la buena puntería que tenía me mató de una, pues las balas me atravesaron corazón y pulmones. Lento y palideciendo, también él cayó sobre mí, retorciéndose de dolor. Sentí que me mojaba con su maldita sangre. Creo que de esa tampoco se salvó. Los dos yacíamos allí tirados en el pasto cubiertos de sangre, tierra y hasta boñiga y orines de caballo. Así nos encontró el comandante, uno boca abajo y el otro boca arriba mirando las nubes, abrazados por la sombra de los árboles. En ese lugar quedaron flotando el odio y la venganza por siempre.

Después de ese duelo fue cuando me dirigí a la casa, ahora veo que a deshacer los pasos, y empezó la tempestad. En el velorio, recuerdo que me pusieron mi atuendo preferido de camisa azul, manga corta, pantalones Caribú, ajustados a mis piernas y correa de cuero con hebilla en forma de tigre. Aquel traje me lo compró mi hermana seguro que entre lágrimas. Me hacía ver muy bien, como me veían las mujeres que habían suspirado por mí, con mi bigote poblado y encrespadas pestañas. Me recortaron de nuevo el cabello, me afeitaron y hasta zapatos me pusieron. Escuchaba los rezos:

—*Ánimas del purgatorio, quién las pudiera aliviar…*—y en coro contestaban rápidamente y sin meditar:

—*Que Dios las saque de penas y las lleve a descansar...*

Así mismo rezaron los mil *jesuses*, las dos mil letanías y el santo rosario. Después de un breve descanso, salieron al patio los amigos presentes, unos a fumar y otros a hablar:

—Hummm, y que te parece Soraida como vistieron a Dennis, ni que fuera pa´una fiesta, que falta de respeto.

Seguían las fumarolas, los hombres miraban con ojo alebrestado:

—Que tal la hija de misiá Marcelina, está buena la condenada, pero brincona, cuando menos piense resulta preñada, ah eso sí, es que de tal palo tal astilla, porque la mama no es ninguna Santa Rita.

Pero después de tomarse el acostumbrado café negro y rezar la primera novena empezaron a discutir frente a mí, Perla y Jairo:

—Bueno…a quién se le ocurrió comprar ese ataúd de ese color, rojo caoba y con chapas que se ven costosísimas, ¿fuiste tú, Rosario? —decía mi hermana que era la más práctica de la familia y no le gustaba hacer comprar innecesarias.

—No, fue Jairo —contestó Rosario mirándolo con desgano— yo me he encargado de los arreglos florales y los recordatorios.

—Total, los gusanos no disfrutaran de eso, sólo el comején —seguía rezongando Perla.

—Pues si ese no era el cajón que usted quería, bien pueda y vaya a comprar otro —dijo Jairo quien se había encargado de comprar el ataúd.

No se pusieron de acuerdo ni tampoco con los velones; que esos cirios estaban demasiado grandes y que para qué habían malgastado plata en tantas flores cuando con las que las amistades trajeran era suficiente, seguía la cantaleta de Perla. Se culpaban los unos a los otros. Jairo se acercó y fue la primera vez que lo vi llorando con sinceridad, le veía el dolor en su rostro. Siempre nos llevamos bien, éramos amigos, hermanos y cómplices.

—Hermanito, por qué te hicieron esto, debiste haber dejado las cosas así o avisarme, no hubiera dejado que esto te pasara, total la vaca se podía reemplazar por otra, y el maíz nadie lo aprovechó, en cambio ahora ya no estás y te vas dejándonos este dolor tan grande, llevándote contigo parte de nuestro corazón.

—Fresco hermano, no llore tanto que hasta mocos me están cayendo en la cara, no friegues que esas lágrimas sí que arden en mis ojos. En cuanto llegue al lugar que me merezca, te haré saber cómo estoy —

quise decirle y tal vez me oyó con el corazón porque se tranquilizó un poco y pudieron continuar con el velorio en santa paz. Él sabía que el cigarrillo era lo que más me molestaba, entonces le dijo a Perla:

—Dejá de fumar porque a Dennis ese humo lo asfixia, y controlá esos ataques de nervios que nadie se los cree.

En medio de mocos y lloriqueos, la gente no olvida los bienes materiales aunque estén frente al muerto, siempre se preguntan a quien le irán a tocar los anillos, cadenas de oro y ropa nueva que de pronto uno haya dejado sin estrenar, hasta por un violín viejo se pelean; además de los bienes grandes como casas, carros y terrenos y la bicicleta que dejamos tirada en un rincón sin usar.

—Me imagino que ahora que Dennis no está, tomarás las riendas de la finca y yo seré un peón más. Perla con voz firme, joven y hermosa pero con apariencia de matrona con su largo vestido y pelo recogido en una moña y muy segura de lo que decía le contestó:

—Te equivocas, soy una mujer muy justa y cada quien tendrá lo que corresponde, tal como lo había dispuesto nuestro padre en el testamento, todos somos dueños. Además, no podemos olvidar a su esposa y la niña, ellas no están desamparadas aunque ya no vayan a vivir aquí en la finca, porque ya sabes cómo se mantenían ellos, como perros y gatos, ella me dijo que terminando el novenario, se va a vivir donde la mamá.

Ahora la casa se hace más grande, en las paredes está mi voz, mi olor está por todos lados, mis botas sudadas y olorosas continúan debajo del catre pecador, mis feromonas se perciben en la ropa transpirada de cinco días guardada en la habitación, y ahí estaré aunque no me vean. Ellos calmaban sus nervios a punto de tinto y a mí lo que me preocupaba es que me encontraran culpable y me mandaran a pagar mis culpas al Tostadero que es el mismísimo infierno. Siempre se ha comentado que de ese sitio sí que nadie vuelve a salir.

Había llegado en medio de la tormenta más tremenda con rayos y truenos, envuelto en una gélida sombra. Al mucho rato, casi todos se habían ido, solo quedó mi familia ante mi espectro. En medio de toda la conversación entre los presentes, preguntas y evasivas en torno a lo sucedido ese día, fue cuando me salí de donde estaba y fue a mi cuarto para darle la última mirada y fue entonces cuando sorprendí a Jairo echándose en el bolsillo mi anillo de diamante azul que mi madre había comprado cuando salí de bachiller. Luego se midió mis mejores camisas y pantalones, le quedaron ajustadas, ni mandados a hacer, no le dije nada, eso no lo volvería a utilizar yo, y mi hermana con lo ambiciosa que era, muy capaz sería de vender eso en el mercado de las pulgas.

Tomé la decisión de viajar sin decirles nada y dejar que se las arreglaran ellos como les diera la gana. En algún momento volveré a ver como finalizo las cosas pendientes. Tenía la esperanza de escuchar cosas buenas de mí, porque como se dice que no hay muerto malo…Y en verdad que no hablaron mal: recordaron las natilladas que hacía en las navidades, los regalos para los niños y las sancochadas en año nuevo, donde iba hasta el perro y el gato a comer.

—Me gustaría volverte a ver, pero será casi imposible, aún no sabemos el destino final, tú eres menos culpable que yo, lo más seguro es que sigas para El Cielo, termino diciéndole a mi bella compañera de viaje que ha estado escuchándome como embelesada.

—Eso es sencillo, te puedo visitar. —dice.

—Bueno, —digo con resignación —en este viaje por el Valle de las Lágrimas sabremos si queda una posibilidad. Acá tendré que pasar por un primer juicio, lo mismo que tú, tal vez…y cuando llegue el juicio final con Dios, sabremos cual será nuestro destino.

Han trascurrido dos horas largas y el ruido mecánico de la *chiva tour* parece arrullarnos, los pasajeros permanecen en silencio, durmiendo o mirando por la ventana. Durante cuatro horas más dormimos hombro con hombro a pesar de los ronquidos de don Nepomuceno. Solo faltan tres horas más para cruzar el valle. Todos los que aquí viajábamos somos presa de la incertidumbre, esa que lleva cada persona cuando sale de la casa y no sabe si regresa o no, ni en qué condiciones. Cuando se está vivo, siempre debiera uno despedirse con un beso a la madre, a la esposa y los hijos, no importa si salimos por un corto lapso, pues podemos no regresar más al hogar, como suele suceder. Nunca deberíamos incluso, irnos a la cama enojados con nuestros seres queridos, porque igual, uno se acuesta y no sabe si del sueño profundo se despierte: "*Uno se acuesta y en medio de la noche / tal vez las olas nos vengan a abrazar. /Uno se acuesta y tampoco sabemos / si entre llamas sea nuestro despertar. /Uno se acuesta y quizá nunca más / nos podremos levantar*" decía un poemita que escribió mi hermana. Vivir al máximo cada momento es la única alternativa que nos queda.

—¡Piña...piña...piña...helados de coco, pinchos, empanadas picantes!...—gritan los humanos vendedores por la ventana del bus hasta despertarnos.

Hemos llegado al lugar más lejano del Valle de las lágrimas, el lugar donde enfrentaremos el primer juicio. Desciendo de la chiva primero para darle la mano a Sarai. Se me acerca don Nepomuceno a saludarme, porque al parecer no estaba muy seguro de quien era yo:

—Oiga amigo, usted se me hace conocido. —dice con expresión amigable.

—¿Sabe que su cara me recuerda a alguien allá en Ulloa donde trabajé hace un tiempo cuando estaba muy joven?...¡Eh!...Díganme... ¿De dónde vienen ustedes exactamente?

—Yo, de Ulloa Valle, y Sarai viene de Salsipuedes. —Contesto también con la misma efusividad.

— ¿Y a qué te dedicabas allá?

—Trabajaba en la finca El Piñal, la misma que heredé de mi padre.

—¡Ah!..., vea pues, apuesto que tú eres hijo de Joaquín Peñaloza y misiá Alba Cardona, por cierto a tu papá lo llamaban Granadillo.

—Sí señor, así es. Joaquín era mi padre y murió de una pulmonía.

Escuchando eso, recuerdo que en las tardes mi padre jugaba tejo con el viejo amigo Nepo, entonces un trabajador de confianza, pero había pasado mucho tiempo y ahora tenía barriga de mafioso, pelo sin brillo y canoso.

—Ella —dije señalando a Sarai —es una amiguita que conocí al coger la chiva tour.

—Mucho gusto, mi nombre es Nepomuceno Carvajal, pa'servirles a los dos. —Dice don Nepomuceno estrechando la mano de Sarai y luego la mía.

—Es un poco tarde y creo que debemos tomar nuestros sitios, nosotros debemos acudir temprano a juicio. —le digo— Buenas noches don Nepomuceno, usted también merece reposar.

—Gracias amigos, nos vemos mañana, por

suerte no tengo que atender ninguna demanda, pero me tocará también las inclemencias del tormento —comenta el viejo con gesto cansado mientras se aleja entre las sombras.

Él no tiene que ir al juez porque murió en circunstancias diferentes, pero compartiremos el mismo prado de paz, aunque prefiere cerca de sus abuelos que tienen un sitio común para toda la familia. Esa noche descansamos serenos, aunque en la mañana no nos vemos con don Nepomuceno. Nos levantamos muy temprano para acudir a la cita. Mi bóveda tiene los ladrillos aún con argamasa fresca y unas moscas azules empiezan a rondarla. Puedo leer sobre el cemento fresco un tosco epígrafe escrito con tiza, quien sabe si por mi hermana: "*No me preocupa la muerte, me disolveré en la nada*". Frase de José Saramago, escritor portugués.

Media hora después nos hallamos ante la corte y el primer juicio frente a aquel hombre alto, de tez pálida y gestos solemnes, vestido con una capa negra. Su cadavérica cabeza no tiene un solo pelo. Nos acercamos sin más testigos y pruebas que la palabra y los antecedentes que cada quien lleva en su conciencia. Las preguntas son breves, certeras, y hasta incómodas. Pero de igual manera uno las va contestando casi al instante, sin vacilaciones. Son nueve días así, yendo y viniendo de la tumba ante este juez, al cabo de los cuales empezará el castigo si te hallan culpable, y de una vez te pueden mandar al Tostadero donde las llamas y las pailas de aceite hirviendo te esperan. Durante estos nueve días es muy difícil estar tranquilos o dormir mientras escuchas los rezos de tu familia y ves lo que sucede alrededor, sintiendo sin embargo que te han empezado a olvidar. Sólo los rezos de tu familia pueden ayudarte y consolarte un poco cuando son hechos con fe. De resto, no hay nada más que la soledad y la incertidumbre, la silenciosa angustia que te carcome al mismo ritmo que el gusano devorando tus entrañas.

Sarai también pasa por estos días de juicio, y aunque está intranquila y extrañada por no poder ver a sus hijos en este Valle de las lágrimas aunque sea para reclamarle por haberlos descuidado en el río, trata de consolarme, de darme ánimos, lo mismo que don Nepomuceno. Son personas de verdad de buen corazón.

—¿Qué habrá pasado con ellos? —se pregunta con tristeza —aún siento ese dolor desgarrándome el alma, todavía me parece ver sus manitas blancas estiradas pidiendo ayuda, enredados entre las ramas que arrastraba la corriente; eso me desvela y no me deja en paz. Pero dicen que cuando un ser querido muere, da alguna señal y la verdad no he sentido nada.

—Serénate Sarai, espera los resultados del juicio. —le digo—. También me preocupa lo que haya pasado con Juan Restrepo, pero estoy seguro de que va a irse derechito p'al Tostadero por lo que me hizo. Porque abusar salvajemente de un animal también es un delito que se paga. Los animales a veces actúan en contra del hombre cuando se sienten atacados y ellos embisten por defender su vida. Otros no lo hacen como mi vaca La *Pinta*, porque son criaturas que desconocen las intenciones del ser humano que a veces actúa de forma tan equivocada.

—Tú eres un alma de Dios, Dennis, eres noble. Pero debes estar tranquilo, los animales son seres del Todopoderoso y tu vaca debe estar pastando en los céspedes del cielo.

—Herí a un hombre y no sé qué pasó con él, casi nadie se salva de una herida en el estómago. —respondo con cierto temor.

—Sí, pero mira a donde te envió. A veces es mejor olvidar las ofensas, porque la venganza envenena el alma y genera pensamientos negativos, la rabia te corroe como el cáncer hasta los huesos.

—Ese proceso de perdón vendrá después del veredicto, no hay culpa sin castigo. —agrego yo.

Al segundo día, unos jóvenes apodados *Hijos de Satanás* sueltan varias serpientes y montones de alacranes de un zoológico abandonado para asustar a los acusados. Nos subían por las piernas hasta el hombro y bajaban por la espalda, deslizándose con suavidad al suelo y huyendo entre le rastrojo.

—¡Demonios!...¿Qué es esto?...¡Ayúdenme!

—grita don Nepomuceno. Acudimos a su pedido de ayuda, después de habernos liberado de esos bichos. El pobre viejo se tira sobre el pasto, desesperado. El lugar donde se nos ha recluido, es un cementerio antiguo, con gruesas paredes forradas de musgo, y en la parte externa árboles de ceiba donde se posan pájaros negros que cantan con tristeza. Los árboles, desde afuera, agachan sus ramas hacia el interior de los muros como curiosos de saber lo que hacen estos huéspedes.

Por la noche, en medio de la niebla se oye gente arrastrando sus penas como pesadas cadenas y el llanto lastimero de unas viudas buscando a sus hijos y esposos perdidos en guerras estúpidas. Pero cuando tratamos de salir rápido a mirar, no hay humano alguno pero sí un silencio sepulcral y sombras que saltan una tras otra perdiéndose por entre el monte.

Sólo en el día van algunos humanos piadosos a llorar a sus difuntos, llevan a los niños y les dicen: "Aquí está el cuerpo de tu papá, pero en realidad se fue para un viaje muy largo, y ese mismo viaje tendremos que realizarlo todos tarde o temprano".

Las moscas azules y verdosas rodean algunas fosas de los que están más nuevos en el sitio. El olor fétido proviene de otras fosas mal tapadas, aquellas que los ladrones profanan para robarle a los muertos recién enterrados sus prendas valiosas o joyas.

Ante la muerte no hay nada que pueda uno entender

o justificar, como el caso particular de una mujer que iba a llorar a su marido, muerto de una forma muy tonta, pues según escuché de los mismos visitantes, el hombre se había ido por diez meses para la guerra en el Golfo Pérsico y venció todos los peligros, cuando regresó quiso salir al día siguiente a celebrar con la familia su nueva vida civil como veterano, pero se ahogó con una espina de pescado y nadie pudo hacer nada por él. La viuda se tendía de rodillas sobre la tumba que tenía un letrero: "Espérame en el cielo mi amor" y repetía sin consuelo: "No te moriste en medio de las balas como un héroe, para morir por una inofensiva espina, ¿por qué?… ¿por qué?... Es que no hay un Dios, ¿es eso justicia divina?"

O como el caso de un joven conocido que se quemó las pestañas para lograr su sueño de ejercer un día en un gabinete de abogados, si señores, sacó grado en leyes a sus veintitrés años y hubo gran celebración, de regalo sus padres le dieron un carro último modelo, del cual todavía están pagando cuotas; en ese carro salió el joven después de la fiesta y ¡pum!... El carro quedó hecho mierda y el muchacho ni se diga. Todavía andan buscando la mano donde tenía el reloj *Rolex* que le dieron en la pasada navidad. Cuánto sacrificio y dinero perdidos, noches de desvelo para colgar ese diploma en su habitación…

Durante la noche reposando en la tumba, sin poder conciliar el sueño, pregunto a mi vecina Sarai:

—Estás despierta? …No paras de revolcarte, parece que estás incómoda.

—Sí, sí. Te estoy escuchando. —responde.

— ¿Tienes frío?

— ¿Y a ti quién te dijo que los muertos sentimos frío?… ¿Oyes eso?

—Ah, sí, —digo como para consolarla —son los lobos aullando de hambre. Pero debes estar tranquila, no nos harán nada, aquí estamos seguros.

—Juraría que era el llanto de unos niños, pero sí, deben ser esos perros salvajes.

Las bóvedas tienen una diminuta ventana con flores alrededor y con letreros tales como: "Te amaré por siempre esposo mío", "Aquí yace mi mujer, fría como siempre", "Les dije que estaba enfermo", etc.

Durante el día, y gracias a nuestro estado de invisibilidad para los humanos, Sarai, Don Nepomuceno y yo podemos distraernos mirando a los vivos que llegan a visitar las tumbas. Como a una mujer, en apariencia de estrato social alto que ante el elegante mausoleo de su marido dijo: "Perdona todas mis ofensas, fuiste el hombre más noble que he conocido, hoy crearé un ritual, por cada flor que entregue en este lugar a cualquier persona, haré una obra de caridad como me lo pediste porque ahora sé que cuando uno muere lo único que se lleva es el amor de quienes nos amaron". Y en efecto, al salir regala de un canasto que trae preparado, una flor a cada transeúnte sin mediar explicaciones. Luego aborda su limosina con chofer particular y parte rumbo a su casa. Sarai y yo pensamos que en verdad la muerte hace reflexionar a la gente, y muchos millonarios terminan donando sus riquezas a instituciones y organizaciones buscando quizá aliviar sus conciencias.

—Pa´qué tanta plata y matarse uno trabajando si a la muerte nada nos llevamos —dice don Nepomuceno— qué bobada, mejor con ese dinero se va uno a viajar, a conocer sitios interesantes, parques, buenos museos, restaurantes…

—Eso es muy razonable don Nepo, yo viajaba dos veces al año, conocí parte de México, Estados Unidos y Venezuela donde trabajé de cocinero, visité los mejores museos, fui a las mejores obras de teatro, me deleité saboreando platos internacionales y asistí a los mejores conciertos. Claro, al regreso, tenía que aguantar la cantaleta de mi hermana porque decía que le dejaba todo el peso del trabajo y manejo de trabajadores, pero ese gusto es el que me llevo y eso si nadie me lo puede quitar. —digo yo muy complacido.

—¡Maravilloso, muy chévere! —dice Sarai. —Yo en cambio poco fue lo que disfruté, sólo los pocos paseos del colegio, pero ni siquiera terminé el bachillerato porque me dio la chifladura de casarme y para nada, vean donde me llevó el tal matrimonio, por eso dicen que al que no mata lo desfigura.

Mientras tanto cada día nuestro juez examina las

pruebas para condenarnos o absolvernos.

A los cuatro días de estar en esas, salimos a caminar en grupo con otras tres almas.

—Vamos por acá, dicen que hay mucha vegetación y un río donde bañarse. ¿Y tú sabes nadar? —pregunto.

—No, como los ladrillos, pero qué importa, uno no se muere dos veces, ¿o sí? —Dice Sarai, riéndose.

—Claro que sí, Sarai, algunos se mueren por segunda vez —dice don Nepo —eso depende, porque los que se van para el infierno mueren allá quemados, y los que se alcanzan a escapar, son los famosos duendes.

—No me le siembre temor que ella no va a ir al averno, tenga la seguridad. —le digo a don Nepo, tratando de defender a Sarai de sus palabras.

—Sigamos por este prado hacia ese árbol grueso aquí de bajada, allá al fondo se oye el río correr… —dice un viejito guía calvito que se une a nosotros. Pero ahí todo es espejismo, nada real. Después de pasar el prado verde llegamos a un arroyo donde el agua parece cristalina.

—Dame la mano Sarai, te ayudo a cruzar este puente movedizo.

—Con cuidado, pasen ustedes primero, que con mi peso de pronto nos vamos al suelo todos —advierte don Nepo, porque en verdad él está pasado de kilos.

Entramos en una choza de paja con unas bancas medio chuecas y allí descansamos un rato antes de meternos en esas aguas que se ven tan mansas. Se siente el aroma de las grandes flores de borrachero, las mismas de donde extraen la escopolamina para hacerle perder la voluntad a la gente y robarles hasta el último céntimo. Nos metemos en la corriente para refrescarnos, pero cuando entramos en ella nuestros pies comienzan a chocar con algo duro y frío, descubrimos que son huesos humanos depositados en el lecho del río, como en una fosa común más. Recuerdo que estamos muertos y ya no me asusto, pero Sarai y los demás prefieren salir del agua a toda prisa, sobre todo porque para ella el recuerdo de sus hijos vuelve a aterrorizarla.

—Mejor larguémonos de acá. —dice el viejito.

—Qué guía el que nos conseguimos…—alega Don Nepo tratando de salir rápido.

—¡Con amigos así, pa´ qué enemigos…Eh!

—Y es que usted cree que está de turismo por Central Park de New York…No señor, está en el mismísimo purgatorio, lavando sus errores, para ser redimido, no sea zoquete —Contesta el viejito, rabioso.

A esta voz y con ese geniecito, todos nos quedamos callados. De pronto comenzamos a presentir que algo todavía más extraño está por suceder. El río se llena de ecos, ruidos y gritos espantosos…y el agua comienza a detenerse, a bajar de nivel como avisándonos que debemos alejarnos de allí cuanto antes. Nos dirigimos hasta un parquecito que invita al descanso. Después de un rato, al mirar hacia atrás y a los lados para ver el viejito guía, notamos que ha desaparecido.

En la tarde cada uno regresa a su lugar, pero antes nos detenemos un rato para verle la cara al fiero Acusador, ese hombre de la capa negra que tanto temor inspira en el llamado Valle de las Lágrimas. Cada persona debe pasar por el dolor para limpiar sus errores, nada queda oculto entre cielo y tierra. Algunos pueden estar más tranquilos aquí, como anticipando el paraíso, pero para la mayoría el vaho sulfuroso del infierno comienza a envolverlos ya. Estar aquí en esta situación de incertidumbre vuelve a recordarme la inutilidad de esas existencias que se van en acumular dinero dizque para un futuro mejor, como si la vejez fuera alguna garantía de bienestar absoluto. Una tontería, porque lo que viene casi siempre es la artritis, el cáncer, el alzhéimer y demás pestes para amargar esos sueños ilusos. Sólo disfrutar el presente hasta los menores detalles es la única sabiduría.

Todo está en la mente, nada es hermoso o feo. Para ti puede ser bella una flor en un vaso con agua, mientras para otros es algo demasiado simple. Una mujer puede hacer de su casa un cielito, como lo hacía, ah, mi esposa, con esos pequeños detalles que a veces no advertimos, acomodando cada cosa con donaire, con la sutileza de manejar un hogar y tratar a su compañero con amor y tener esa paciencia para aceptar sus defectos tanto como para valorar sus cualidades, negociando lo que no puede cambiarse, entre gustos y disgustos…porque la felicidad no está en el dinero ni los bienes materiales sino en disfrutar de las cosas sencillas que la vida nos ofrece, ahora me doy cuenta...A ella, por ejemplo, cómo le gustaba deleitarse tirada en un prado mirando el firmamento, siguiendo el viaje fugaz del águila mecida por viento... Relajarse con el rumor de una corriente de agua, cuánto lo añoro, o leer un buen libro como el que saboreé con tanto gusto antes de morirme: *Las memorias de Fanny Hill*, mientras degustaba un cafecito.

El antepenúltimo día, salimos a ver *La casa de la pécora*, un lugar donde reciben todas las mujeres que esperan por sus maridos, pero donde también se sienten humilladas por la soledad. Se alegran de ver que alguien las visite, y hay algunas que se han disecado sentadas en las bancas del patio todavía con sus vestidos escotados llenos de estrambóticos collares, tal como fueron enterradas, esperando por aquel que nunca llegó, ni les llevó flores. Con seguridad esos viudos ya deben estar gozando de los placeres carnales con otras mujeres más fructuosas.

—Pero esas almas se ven como buenas. —dice don Nepo, malicioso.

—A mí me gustaba de vez en cuando una pervertidita. Esas mujeres que llaman malas son las más buenas.

Sin duda alguna, estas almas están en el limbo porque no fueron muy buenas compañeras, y solas pasan allí el resto de tiempo, caminando con sus hermosos atuendos que cubren su delicada tez nacarada, llenas de accesorios, los cabellos enmarañados por el tiempo. Su mente está perturbada y lloran siempre, pero después del daño hecho, no hay paso atrás.

—Es muy probable me envíen acá después de todo, y aquí me resecaré por el sol, tendida en una de esas bancas debajo de los árboles donde los pájaros me caguen y las telarañas se confundan con mis cabellos. —dice Sarai con tristeza.

—Dejémonos de vainas, vámonos ya de acá —digo tomándola de la mano.

Abandonamos el lugar espantoso y en la calle nos encontramos con una gran nube de pajarracos negros, hambrientos, con alas enormes. Vienen contra nosotros y nos picotean con furia.

—Dios mío, qué fuerte pican, ya me sacaron sangre y halan el cabello, ¡ayúdame! —grita Sarai, mientras yo trato de espantarlos. La abrazo para protegerla y de paso, para sentir sus pechos redondos contra mi muerto corazón.

Logro apaciguarlos al final, pero Sarai continúa bastante nerviosa dijondo que esto es ya el infierno y pidiéndome que la saque del lugar.

—Es apenas el purgatorio, no conocemos el

infierno todavía. —digo como para mí mismo, también afligido.

Esa noche anterior al último juicio, hace demasiado calor al comienzo, parece candela y me anego en sudor. Sarai sueña todavía despierta, y toda la noche sigue llamando a sus hijos entre sollozos quedos pidiéndoles perdón. Hasta se consuela por momentos pensando que si ellos no le han dado señales en este Valle de las Lágrimas es porque tal vez todavía estén vivos, que se hayan salvado y continúen en el mundo.

El amanecer llega con un frío congelante. Sarai permanece con la mirada hacia arriba mientras su cuerpo se ha vuelto níveo y escarchado. Duerme tal vez, sosegada por el cansancio, como una estatua derribada, las blancas manos entrelazadas y las uñas azulosas. La túnica blanca la hace ver como una hermosa novia en su cofre. La veo tan hermosa que hasta tengo la tentación de besarla mientras duerme.

Es el penúltimo día soportando los oprobios, pero se acerca la hora de la verdad.

—Levántate Sarai. —le digo con suavidad— Un rayo de sol entra perpendicular por el pequeño agujero de tu piedra caliza, lo que quiere decir que debemos prepararnos para escuchar la decisión final del Acusador y el Comité de espíritus…Pero no te preocupes, creo que serán benévolos con nosotros.

—Dennis. ¿Dormiste bien?—dice ella abriendo los ojos —Creo que debemos salir entonces, aunque es tan temprano...y allá afuera todavía se oye el transcurrir de los vivos en su cotidianidad, qué extraña situación. Incluso hasta en la muerte esas estúpidas motos me desvelaron un poco. Menos mal que no tenemos que bañarnos ni comer, así saldremos más pronto.

—Sarai, ya empezamos a oler a podrido, pero tranquila, dejemos el absurdo afán y lucha por llegar primero como si huyéramos de algo.

El firmamento está despejado, tan azul como siempre. Pero no sabemos si es el real o el del Valle de las Lágrimas. Para el caso, ya no importa saberlo. Importa sólo saber lo que nos comunicará el juez después de todos estos días de interrogatorio y deliberaciones. Hoy nos dará su veredicto y mañana estaremos en camino de El Cielo o de El Tostadero.

Y pensar que a costillas de nosotros a esta hora otros estarán tomando café, como cada noche mientras los jóvenes aprovechan para hacer sus conquistas...

Al llegar ante el juez respiramos profundo antes de escuchar por fin su sentencia. Un guardia con alas negras vigila nuestras espaldas.

—Buenos días, tomen sus lugares por favor.

Nos sentamos limpiándonos un poco las telarañas que nos molestan en la cara, y con el corazón en la boca escuchamos al hombre que, en ese momento reconozco como el señor Herman Castañeda, un eminente juez al que había conocido cuando era yo apenas un niño.

—La decisión está en este sobre. —anuncia con gesto solemne desde su sillón. Y prosigue:

—Usted, señor Dennis, queda declarado... inocente. No tiene nada de qué arrepentirse, pues Juan Restrepo se recuperó de la bala que usted le metió, le remendaron el intestino y está más vivo que nosotros, aunque padece sus penurias allá en la tierra como castigo adelantado de sus culpas. Le queda poco para venir aquí a enfrentar también un juicio del que quizá no salga tan bien librado...Creo que irá a El Tostadero, pero no quiero prejuzgarlo. Usted queda libre de culpas y mañana podría ir camino de El Cielo.—

Me da tanta alegría que no puedo contener mis lágrimas de complacencia y abrazo a Sarai con fuerza, ella a su vez, aprieta sus manos y entrelaza sus dedos con nervios. La ansiedad se refleja en sus ojos.

—Y usted, Sarai...

—¡Sí, dígame, señor juez!—contesta asustada.

—Hizo mal en acostarse con otro hombre, siendo una mujer casada. ¿Acaso no pensó en las consecuencias?

Ella baja la cabeza y aprieta los labios con humildad.

—Pero para su suerte, como su esposo cometió primero la infidelidad, El Tribunal supremo la exonera de su culpa, porque, además, fue él quien la asesinó y por ese delito, su ex marido irá derecho a El Tostadero sin apelación en el purgatorio el día que fallezca, eso se lo puedo decir...

Faltaba otra gran noticia:

—En cuanto a sus hijos, debe saber que aún están vivos. Un pescador pudo rescatarlos de la corriente en el último minuto. Usted tampoco tuvo culpa en ello, porque fue un accidente. No hay delito y por tanto queda también en libertad y con derecho a ir a El Cielo.

Pero eso sí, debe evitar todavía las tentaciones… porque si no, podría ser devuelta y enviada adonde sabemos...

—¡Gracias, gracias!... —grita de felicidad Sarai.

— ¡Esto es lo mejor que me han dicho!

Saltamos de alegría los dos y nos dirigimos fuera del recinto sintiéndonos limpios, livianos como almas al fin libres de toda amargura.

De vuelta a nuestro panteón, ya al caer la noche, y entre hojarascas y flores marchitas, vemos ante nuestros nichos un grupo de espectros de figuras no muy definidas que parecen aguardarnos.

—Sarai, ¿ves eso? —le digo en voz baja.

—Sí, ¿quiénes serán?

—No tengo idea…

En un momento no volvemos a verlos, pero cuando estamos a punto de entrar en las bóvedas, algo nos lo impide.

Suena una música al fondo, la Marcha funeral de

Chopin, al parecer nos esperaban. Nos acercamos con miedo y saludamos.

—Bendiciones a todos —saludamos con timidez.

—La paz esté con todos —responden en coro. Pero una voz entre todas dijo:

—¡Vaya, vaya, qué bonita pareja tenemos por acá!—Es el espectro jefe de espíritus que se nos acerca sonriendo, extendiéndonos su mano fría y fosforescente.

—No se asusten, somos del Comité de almas que cuidan este cementerio. Estamos encargados de que todos los huéspedes estén bien. Sabemos que ya mañana van para El Cielo…Y si son marido y mujer no se los vamos a preguntar, no nos importa, los muertos no somos chismosos.

—Me llamo Dennis, y ella es Sarai, nos hemos hecho buenos amigos durante este viaje.

—Mucho gusto. —dice Sarai con una sonrisita nerviosa, observando a aquella alma con el cabello largo y una túnica blanca sin bordados.

—Me despertaron con la música, qué lindo detalle.—dice don Nepo saliendo de su bóveda. Nos habíamos olvidado un poco de él durante el día, pero se integra sin problemas a nuestra conversación con el Comité de almas.

Es una reunión agradable bajo la fresca noche mientras la luna hace resplandecer las tumbas. Después de charlar un poco, un alma del Comité se nos acerca con una bebida especial y dice:

—Es momento de celebrar, aquí les traigo el delicioso icor con lo que despediremos a nuestros huéspedes quienes salen mañana para la vida eterna.

—¿Icor?... ¿Y eso qué es tan raro? —pregunta Sarai asombrada —nunca había escuchado esa palabra.

—Es una bebida preciosa destilada de la sangre inmortal que corre por las venas de los ángeles, muy sutil y delicada, bebida espirituosa que nos da la fuerza suficiente para seguir el camino de la eternidad…

Bebemos un poco y de verdad que nos sentimos confortados, tanto que me acuerdo del día en que hice mi Primera comunión. El jefe de los espíritus nos informa que debemos estar listos en la mañanita para dirigirnos al sitio donde nos guiarían hasta El Cielo. Vendría un ángel para guiarnos hasta el alto del monte Sinaí. Con esta noticia se termina la animada reunión y todos los espectros desaparecen. No tenemos ganas de dormir y decidimos dar un paseo por los alrededores del panteón, bañados por la luz lunar, entre los altos cipreses. Casi no sentimos el hedor de las tumbas recientes.

—Se me espantó también el sueño —dice don Nepo— los acompaño a caminar, de pronto me encuentro una muertica por ahí sola que esté buscando su alma gemela.

Qué pegajoso es este gordinflón, pienso, ya que me echa a perder otra oportunidad para conquistar en plenitud a Sarai. Pero al final, la sola caminada nos lleva hasta una cripta que a Sarai le llama mucho la atención, pues está adornada con la figura de un ángel. Quiere saber quién está descansando allí, pero al llegar, de improviso aparece un gato negro que desciende por la pared musgosa hacia nosotros y al acercarse va tomando otra forma. El gato se transforma en una mujer muy extraña que nos mira con cautela. Sentimos el olor característico del ajo, del orín de zorrillo, extracto de eucalipto y pino. Pero nos resulta agradable comparado su olor con la mortecina que nuestros propios cuerpos despiden. Cuando nos ha observado a fondo, nos dice:

—Bienvenidos todos a mi tumba, soy Alicia Kyteler. Encantada de tenerlos por acá.

—Muchas gracias —contestamos casi en coro tratando de ser amables con la mujer que ha empezado a sonreírnos, dejándonos ver su lengua puntiaguda y sus dientes ennegrecidos. Sin embargo le decimos nuestros nombres para darle más confianza. Don Nepo se queda un poco detrás de nosotros, y cuando ella lo saluda le da la mano con bastante miedo. Pero en el fondo de sus rasgos revela que ha sido en otro tiempo una mujer muy hermosa y sofisticada. Todavía lleva incluso restos de ropas lujosas, un corsé y enaguas que, aunque estropeadas, indican que fue una mujer elegante.

—No debieran de asombrarse tanto ya que saben

el lugar donde estamos. No soy peligrosa, sólo salí de mi cripta a ver quién me visita...No deben sentir miedo por lo que les voy a contar, pero me parece interesante que lo sepan. He sido la bruja más antigua y fui una mujer muy deseada por todos los hombres, por eso los manipulaba a mi antojo para que me complacieran todos los deseos. Mi cuerpo tenía curvas perfectas, mi piel era aceitunada y mi sonrisa opacaba la belleza de las mismas flores. Fui la envidia de todas las mujeres porque los hombres se deleitaban con mi cuerpo, porque saciaban sus deseos en mí hasta quedar exhaustos, pero luego los abandonaba, como la loba que se revuelca en las noches saciando sus instintos y luego huye...

—¿Entonces nunca te enamoraste? —pregunta Sarai mirándola sin parpadear.

—Fui muy independiente y tenía mucho poder a pesar de la época, porque te hablo de más de 500 años atrás. Sin embargo me casé cinco veces.

—¿Cómo? Cinco veces, bueno es comprensible, se ve que eras una mujer muy codiciada. —digo en un tono medio galán.

—Era no, aún se ve...podrías casarte una sexta vez...—Agrega don Nepo de forma sarcástica, ya con más confianza.

—No mi querido —responde la bruja —además, no eres mi tipo de hombre, estás mejor en la tumba dándole de comer a los gusanos. A propósito, quítate ese gusano que te está carcomiendo la oreja izquierda —Don Nepo, avergonzado, no tiene más remedio que sacudirse no sólo la oreja sino otras partes del cuerpo donde de repente han comenzado a salirle gusanos en montonera. Eso le pasa por burlarse de las brujas, pensamos. Ella continúa:

—Cuando me enlacé por segunda vez a ambos nos acusaron de matar a mi primer esposo y escapé a Inglaterra por miedo a la sentencia de muerte. Allí seguí viviendo mis aventuras y las muertes de mis maridos, hasta casarme por quinta vez. Me acusaron de ser la causante de esas muertes y de otras tropelías. Hasta mis propios hijos creyeron que había envenenado a sus padres sucesivamente…

—Pero, ¿fue verdad todo eso? —pregunto con cierto retraimiento, esperando no enojarla.

—Claro que no del todo. Tan solo le di veneno al cuarto marido, John Le Poer, porque me trataba muy mal y me recordaba a los malos hombres que habían pasado por mi cama.

—¿Encontraron pruebas de eso o alguien te vio?— dice Sarai todavía con cierto respeto hacia ella.

—No, para nada, pero por el vómito de sangre y los retorcijones que le causó la bebida que le di al malnacido, comenzaron a sospechar…

—¿Como moriste entonces? —pregunto de nuevo.

—Una serpiente me mordió y no me dieron el antídoto…Todavía me acuerdo con dolor de mi triste fin...Claro que aquí me siento mejor ahora. De vez en cuando voy donde los mortales a pegarles un buen susto. Reconozco que de todas esas acusaciones algunas fueron ciertas, como la falta de fe, el sacrificio de animales en honor del diablo y las blasfemias, pero al fin no soy tan mala persona y la prueba es que todavía no me mandan a El Tostadero...Les cuento todo esto porque después de todo me cayeron bien...

Y haciendo un gesto de cansancio, la mujer volvió a tomar su figura de gato negro para volver a su cripta. Nos quedamos como en suspenso hasta que un trueno seco nos despierta. Siento gotas gruesas en mi hombro.

—Vámonos a dormir, parece que va a llover...—dice Sarai.

—Boba, no es lluvia, es la saliva de la bruja...—digo a modo de broma.

—¡Ahhh!...con otro chiste y se puede ir al circo de los leones...

—Sí, vámonos, antes de que los gusanitos que nos dejó Alicia de regalo terminen de devorarnos...—Don Nepo hacía rato había salido corriendo.

En la mañana nos despierta un toque suave con los nudillos en el vidrio de la lápida, y nos disponemos a salir. Es el iluminado enviado por Dios que todavía no llega a ser ángel.

—Don Nepo...buenos días, ¿listo? —Sí, vamos entonces —me contesta el viejo con una voz de nuevo jovial.

Ya en camino e instruidos por nuestro guía sobre lo que será el viaje a El Cielo, salimos de aquella necrópolis. Caminamos todo el día por entre rastrojos y laderas completamente florecidas, por parajes sembrados de ortigas y guayabales en profusión hasta llegar junto a unas colinas que parecen senos de mujeres acostadas bajo el horizonte. Pero más allá se ve la montaña por la que debemos ascender. Es la más escarpada y difícil, según parece. Antes tenemos que cruzar bordeando una serie de hermosos lagos formados sobre lo que una vez fue un bello pueblo habitado por personas humildes que en él amaron, soñaron, trabajaron y fueron felices y cuyas calles todavía podían verse bajo la trasparencia del agua, incluso hasta la torre de la iglesia alcanzaba a sobresalir un poco de la superficie.

Lo que parece una montaña resulta ser en realidad, ya al atardecer, una enorme mole de piedra gris que llega hasta El Cielo mismo. Hay que empezar a ascender escalón por escalón detrás del guía, tratando de subir antes que llegue la oscuridad. Después de mucho rato estamos ya casi al borde violeta y sepia de la gran piedra teñida así por la luz agonizante de un hermoso crepúsculo. El guía nos apura con un poco de mal genio porque vamos retrasados y hasta rezongando.

Pero no somos los únicos: hay muchas otras personas deambulando y hasta sentadas en el tope de ese sitio contemplando extasiadas el paisaje, como en cualquier paseo. Alrededor del Monte Sinaí, como se denomina a este gigantesco peñón el sol a punto de declinar da un tono azafranado a las nubes traspasándolas con rayos oblicuos de espectacular belleza. Se divisa abajo un valle cubierto de hermosa vegetación, surcado de lagos espejeantes, bajo uno de los cuales duerme sumergido para siempre el bello y próspero pueblito que ahora pocos recuerdan. Sarai y yo queremos echarnos a volar como gallinazos y perdernos en esa inmensidad. Pero la ascensión a El Cielo todavía no termina.

Se escucha el bisbiseo de los presentes que esperan también reemprender el trayecto. Sólo aguardamos la señal. Don Nepo nos ofrece agua que recogió de un pequeño manantial, y un vasito con fruta picada que venden en un pequeño kiosko como si hasta allí también llegaran los turistas.

Estamos conversando y contando chistes cuando al rato se escucha un tremendo ruido en el firmamento. En medio de dos enormes nubes, como velos que se apartan, aparece el gran ángel enviado por la Divinidad para señalarnos el camino ya directo a El Cielo. En ese momento nos damos cuenta de que nuestros cuerpos terrenales se han transformado ya en almas. No hay olor, no hay sed, no hay cansancio y aunque podemos vernos entre nosotros mismos sin perder los rasgos originales, e incluso, viéndonos aún más jóvenes y bonitos, nos aprestamos a seguir la ruta que nos muestra ahora el ángel con una sonrisa. Suena la trompeta y se abre sobre nosotros una luz indescriptible que nos llena de felicidad. Sarai parece una virgen inmaculada levitando junto a mí y yo voy siguiéndola junto a don Nepo y otras almas por completo extasiado…

La ascensión es como subir al cerro Montserrate de Bogotá, en teleférico contemplando toda clase de maravillas y escuchando música de Vilvaldi y de Mozart. A medida que subimos la tierra se va alejando de nosotros como muestran en televisión cuando hablan de los viajes espaciales, hasta verse por completo redonda, azulita hasta que va quedando en una pequeña bola junto a otra más pequeñita que es la luna. Esto de estar muerto tiene también sus sorpresas, quien lo iba a imaginar.

Ya no importan las historias y los sufrimientos pasados. Pero claro que aún así Don Nepo, un poco más decentico ya en forma de alma, no pierde su humor y sus ganas de seguir contando cosas, porque incluso en medio de semejante solemnidad tiene ánimo y tiempo para relatarnos hasta cómo había muerto de infarto y el dolor tan "hifuemadre" que sintió, pero que murió contento porque fue aquel día que Colombia le metió cinco goles a Argentina. Incluso todos los detalles del velorio donde lo que más rabia le dio fue lo que comentaban delante de sus hijos y su esposa: "Ese gordo estaba podrido en plata, a la viuda rapidito le resulta otro pa' que ponga la mano donde la puso el muerto".

—Cuando empezaron la novena, mi esposa se puso muy rara con los tranquilizantes que se tomó, pero aunque no paró de llorar, ni comía, no me convenció. Creo que esas lágrimas fueron de cocodrilo. Porque como dice el dicho, "No hay que creer en lágrimas de viuda ni en cojera e 'perro".

—Ni en ningún pájaro nalgón —agrego con gracia.

—Usted cree que ella como está de bonita y con billete...¿Se va a quedar sola? ¡No me crea tan pendejo!...—terminó de decir don Nepo aunque ya entre risas.

Sarai también aprovecha la ocasión para volver a contarle su historia a Don Nepo. El viejo la escucha realmente con atención. No es para menos.

La ascensión es tan lenta que da tiempo para hablar de todo, a pesar de lo majestuoso del paisaje sideral: el sol parece ya una lámpara más en la oscuridad, los planetas apenas sí se divisan en la lejanía y vemos cruzar hermosos cometas y resplandecer en la negrura del cosmos una infinita colección de diamantes, rubíes, perlas y hasta collares de fantasía...

Pero don Nepo parece ciego a tanta maravilla y vuelve a lo mismo. Ahora el tema se centra en las supersticiones. Sarai, tan bella y sencilla como es no deja de responderle. Yo prefiero seguir contemplando el universo escuchando la música y sin embargo siguiendo un poco el hilo de la conversación:

—¿Le tienes miedo a los muertos?

—Cuando yo estaba viva, pues sí. Pero mirémonos ahora... Ya somos solo almas subiendo a El Cielo...

—Pero cierto que antes de morir uno sí avisa con tiempo, da señales...

—Pues... a veces sí. —dice Sarai —Hay cosas que son muy extrañas y algo de cierto tendrán. Mucha gente cree en supersticiones y yo misma las he tomado en serio por momentos, así como los sueños que nos avisan o nos advierten cosas que pueden sucedernos, eso sí, de manera simbólica, no al pie de la letra.

—Bueno entonces cuéntanos algo de lo que sabes sobre eso, Sarai. —propongo yo, animado por conocer un poco más del pasado de ella.

—Allá en Salsipuedes, por ejemplo, una noche, cuando me dirigía hacia el baño sentí que una mano me presionó la nariz en la oscuridad. Me dio escalofrío y pavor, regresé corriendo hasta la cocina, me preparé un café y dije para mis adentros: Lilia se va a morir, mañana iré a verla. Y así lo hice. Al día siguiente murió rezando el rosario acompañada de sus hermanas.

—Pero, dígame pues ¿quié era Lilia? —pregunta don Nepomuceno.

—Era mi tía. Acostumbraba molestarme tocándome la nariz, decía que era afilada y tan bien hecha, que se figuraba una nariz mandada a hacer. Yo pienso que se murió porque su difunto marido la estaba esperando. Él había muerto hacía seis meses y ella también sintió una noche que una mano le tocaba los pies, y no se asustó porque sabía que era él: "Lilia que más te queda por hacer, los hijos ya están organizados en sus hogares, estás vieja y cansada, muy poca familia te queda y yo que soy quien siempre te ha amado, estoy acá esperándote, ven, ven", parece que le decía en sueños. Lilia nos había confesado que se sentía agotada de trabajar y buscaría un lugar apacible como una playa tranquila con palmas despeinadas por el viento donde solo se escuchara el ir y venir de las olas. Por eso cuando se fue su hijo esparció las cenizas en una playa allá por Buenaventura, para cumplir sus deseos.

—Hummm, qué bonito —digo, y agrego:

—Yo también quisiera haber ido a una playa, pero nudista.

Don Nepo se echa a reír pero Sarai me mira con cierto aire de reproche, y continúa su relato:

—Para otros llega la muerte sin avisar, los jala y nada: "No, no, y no, yo no me quiero ir", dicen, pero la muerte entonces, cuando menos lo espere el remiso, ¡zasss!...Le pega su guadañazo y listo. Como pasó con Milcíades, el chofer vecino de nosotros el día que se rodó a más de cien kilómetros por un abismo. Ni la Virgen del Carmen pudo detenerlo, porque creo que ella se bajó del carro cuando iba a tal velocidad…y él

creyendo que por llevarla colgando de un escapulario en el volante la muerte lo iba a respetar...
Supimos después que tres días antes había soñado con el matrimonio de su hermana, vestida de blanco y mucha gente alrededor. Sueños con matrimonio son muerte, dicen.

Me quedo pensando que quizá yo si avisé antes de morir, porque recuerdo que toda la semana estuvo cantando sobre el horcón el pájaro "Tres pies", y un búho también, al que solo le veíamos esos ojazos por entre el chamizo donde se plantaba. Mi hermana también le tiene agüero a esos animales.

Sarai nos habla de más supersticiones, entre otras, aquella que dice que si un cadáver queda con los ojos abiertos, entonces encontrará a alguien para llevárselo con él. También de otra que advierte sobre los espejos en una casa donde se vela un difunto, no pueden permanecer descubiertos pues la persona que se mire en ellos puede ser la próxima en morir. Por suerte, recuerdo que donde me velaron no había espejos. Habla Sarai sobre otra creencia: los perros que aúllan en la oscuridad de la noche están anunciando una muerte próxima. Eso me pasó a mí, los perros aullaron toda la noche antes de que me mataran.

—Si se sueña con la muerte, es una señal de nacimiento, si se sueña con un nacimiento, es una señal de muerte. Si se toca a una persona querida que ha fallecido, no se tendrán sueños sobre ella. —continúa diciendo Sarai.

—Entonces mi mujer no se sueña conmigo porque ella me tuvo en sus brazos cuando acababa de morir... —dice don Nepomuceno. Sarai continúa:

—También le escuché decir a mi abuelita que una persona que muere en Viernes Santo, se va directamente a El Cielo.

Y si muere a medianoche el día de navidad, igual, porque las puertas celestiales están abiertas para todos en esas fechas, cosa que cuando lleguemos podemos averiguar…

Otra superstición dice que en el momento de fallecer, todas las ventanas de la casa deben estar abiertas para que el alma pueda marcharse sin tropiezos.

Don Nepomuceno y yo nos miramos asombrados de ver cuántas cosas saben las mujeres sobre los misterios de la muerte, por eso es que dicen que ellas son medio brujas, y les encanta hacerse leer el naipe, el tabaco y el asiento del café, y el tal horóscopo, gozan con todas esas mentiras.

Sarai acaba su relato con otras afirmaciones: que si una polilla o mariposa blanca vuela por la casa o intenta entrar en ella, alguien morirá. Que si hay 3 personas fotografiadas juntas, la del medio será la primera en morir. Que si 13 personas están sentadas a la mesa para comer, una de ellas morirá antes de terminar el año, como en la última cena de Jesucristo…

Cuando Sarai termina una trompeta mucho más fuerte anuncia que por fin hemos llegado a El Cielo. Todos nos quedamos calladitos y en suspenso. La alegría se confunde con la ansiedad.

Llegada a El Cielo

Se escucha por todo el espacio la potente pero suave y armoniosa voz del ángel:

—Atención, mucha atención, silencio por favor. Bienvenidos hombres y mujeres de buena voluntad. Han llegado a su destino final. Esta es la eterna morada, El Cielo. Aquí descansarán junto a la gloria de El Señor. ¡Alegráos para siempre. Sed felices!

Todo se vuelve indescriptible a los ojos. Pero nos damos cuenta de que estamos todavía a la entrada del paraíso, porque otro ángel, quizá de menor jerarquía nos informa con discresión:

—Por favor, todavía les queda hacer un pequeño trámite. El señor que ven allá sentado con un gran libro en los brazos, el de las barbitas, pálido, calvito él, vestido de blanco, es San Pedro. Deben ir presentándosele, darle el nombre completo y la causa de la muerte, luego él los dejará pasar al interior de El Cielo.

Cada uno va pasando mientras San Pedro mira el listado de pecados y le pregunta a Dios por medio del Espíritu Santo si puede dejarlo pasar. Para mí que este es el trabajo más tedioso del mundo. Pero claro que de por sí la lista está ya depurada desde el momento en que abajo se le da el aval a las almas para subir. Sin embargo, el celoso San Pedro quiere cerciorarse de que no haya ningún colado. Cuando llegamos ante él, Sarai, don Nepo y yo, nos mira con cierta malicia, pero al final, después de chequear en su libro, nos deja pasar luego de entregarnos un pergamino con instrucciones y reglas a seguir, porque hasta en el cielo también se necesita un orden, y respetar las normas. Detrás nuestro llega un anciano tembloroso aún con cara de haber soportado una larga agonía. San Pedro lo interroga:

—¿Y a usted qué carajos le pasó que apenas está llegando por aquí cuando el plazo que tenía era del año pasado, según consta en este libro…Ah?

—Yo no tengo la culpa mi Don, yo me quería venir cuando me tocaba, pero allá los familiares que son más tercos que una mula se empeñaron en que los médicos me mantuvieran con respirador artificial durante meses y meses en estado de coma, con los brazos hinchados llenos agujas. —contesta el pobre viejito, a lo que San Pedro haciendo un gesto de desaprobación lo deja pasar también.

Entrar por fin en El Cielo es algo que uno no alcanza a describir nunca. Lo más importante es la sensación maravillosa de felicidad que llena, ahí sí cabe decirlo, toda el alma. Y poco a poco se empieza a dar uno cuenta de que aquel lugar no es propiamente un sitio en el espacio sino un estado del espíritu tan perfecto que sobran las palabras. Uno sabe que está participando y gozando de la presencia divina en todo su esplendor, y nada más. Hay como un silencio armonioso, dulce, inagotable fluyendo dentro y fuera de la conciencia y si uno desea puede ver los paisajes más hermosos vistos en la vida mortal otra vez ante uno, ya sin miedo y sin la angustia que antes se tuvo.

En algún instante me sentí como de regreso a mi casa, reconciliado con la vida y hasta con mi bella esposa. Pero de repente uno comprende que todo es sólo una proyección del recuerdo, y que la paz que se respira en El Cielo es mucho más placentera. Sin embargo, hay maneras de divertirse sano como puedo comprobar enseguida, pues cuando todos se ponen de acuerdo, y Dios lo permite, se materializan palacios, jardines, ciudades bellísimas, parques y grandes teatros donde se representan espectáculos increíbles, obras de teatro, conciertos, exposiciones de pintura, festivales de poesía, tango, balés y otras artes. Los ángeles nos informan que al centro de todo esto se encuentra Dios mismo sentado en su trono al lado de la Santísima Trinidad. Como en una gran corte. Allí están los arcángeles y los serafines más importantes y pocos pueden acercarse de verdad. Las once mil vírgenes se encuentran también allí, cantando y adorando a la Divina majestad. Me llama la atención la amabilidad del arcángel Gabriel, el mensajero, que nos conduce hasta donde está una virgencita muy joven y bonita, que resulta ser la mismísima María Inmaculada. Nos saluda muy dulcemente y nos invita a seguir conociendo El Cielo señalándonos que si queremos podemos disfrutar del paisaje tropical que antes tuvimos en la tierra, con sólo imaginarlo para que se materialice. Lo hacemos y en efecto, aparecen ante nosotros las cascadas, los jardines, los prados, los bosques más hermosos que siempre soñamos, llenos de aves, ardillas, y toda clase de animales que una vez existieron en el antiguo paraíso de Adán y Eva. Cielos azules, o con arreboles, nubes de verano o de lluvia se hacen visibles para todos porque además, entre las almas existe cierta sincronía que hace que el deseo sea muy armónico y se pueda disfrutar juntos. Me maravillo de ver cómo Sarai y yo y hasta don Nepo, podemos coincidir en estas cosas y disfrutarlas sin dificultades.

El mismo arcángel Gabriel, nos muestra el lugar donde podemos descansar, algo así como un nido grande y acolchonado de nubes blancas sobre el que trinan toda clase de pajaritos. Y más allá podemos ver cómo se llevan de bien los animales que antes no se podían encontrar en la tierra: el tigre junto al venado, el lobo junto a la oveja, el águila junto al polluelo. Una maravilla. Veo incluso a mi vaquita La Pinta pastando junto a su ternerito, lamiéndole el lomo con cariño…

—Te lo dije Dennis, mírala ahí, ¡qué hermosa!... Está pastando aquí en los prados de la eternidad y parece que te reconoció, se quedó mirándote. —dice Sarai con entusiasmo. No puedo resistir la alegría y voy de inmediato a acariciarle las orejas. Así mismo cuando queramos podremos volver a ver a nuestros seres queridos, con la condición de que ellos se hayan salvado. El arcángel nos explica cómo debemos regular, sin embargo, todos estos eventos para no estresarnos, y aburrirnos, porque también el exceso de emociones y de felicidad agota el alma, y puede convertirse en hastío. Ese es el mayor peligro en El cielo, nos dice.

—Tenemos un idioma celestial. Pero si desean pueden hablar en su antiguo lenguaje, como lo hacen ahora. Pero es bueno que también conozcan el máximo de almas que ahora y en adelante, por toda la eternidad, compartirán con ustedes la vida en todas sus manifestaciones. Con ellas no hay barreras para comunicarse. Hay una sola idea espiritual y mística, la creencia en el Ser supremo al cual pueden darle el nombre que deseen, desde Yavé, Jeová, Alá, Zeus, Jesucristo, Krishna, o Gran Arquitecto. No hay problema. Todo es cuestión de nombres, pero la esencia es la misma. Aquí se acaban las diferencias de religión o de creencias. Aquí no hay dolor, ningún sentimiento negativo se alberga, solo hay amor, y aquellos que en la tierra padecieron angustias, soledad, enfermedades dolorosas olvidan todo eso y se entregan a disfrutar la gloria infinita que han ganado. No hay tiempo cronológico, con la edad que se llega, así permanecerán, pero eso sí, vivos y muertos, todos esperamos todavía el juicio final o fin del mundo, donde todo acabará y quedará reducido a una partícula, la de Dios. Si llegan solteros o divorciados, el reino del cielo le proveerá la pareja ideal. Tienen la libertad de inspeccionar todos los lugares y buscar a familiares y viejos amigos, para restablecer las relaciones que deseen. Ah, y otra cosa, también disfrutarán de diversiones muy sanas, como los conciertos celestiales, que se hacen hacia el final del día, aunque aquí, como les digo, no hay horarios ni relojes…y cada cual es libre de asistir. También tenemos algunos bailes para eventos especiales, pero sólo se bailan danzas elegantes, de movimientos suaves y armoniosos. Recuerden, no hay ninguna clase de vicio, no se fuma ni se bebe, la música se escucha para que sea bálsamo del alma y no tormento, así que nada de reguetones.

—Está bien entendido señor arcángel Gabriel, muchas gracias. —contestamos con humildad los tres. Todo esto nos parece un sueño todavía.

San Rafael, otro arcángel famoso, se acerca a saludar y a ofrecernos su apoyo en lo que necesitemos. Este espíritu benévolo cura y sana según la creencia en la tierra, y es el más cercano a los hombres, porque remedia y alivia toda clase de dolores físicos y espirituales.

—O sea que usted es yerbatero —pregunta don Nepo.

—No sea tarugo, y respéteme —dice en tono fuerte el arcángel— querrá decir médico naturista, que es muy diferente.

—¡Qué vergüenza!...—corrige don Nepo bajando la cabeza— qué metida de pata.

Pero el arcángel sonríe y le da un papirotazo a don Nepo en la cabeza antes de despedirse.

—Te perdono porque no sabes lo que dices.

—Gracias, por ahora estamos bien, entiendo que no actúa directo, sino a través de una persona, pero si necesitamos alguna intercesión, se lo haremos saber. —digo yo.

—Por fin, cumpliré mi fantasía, miren lo que dice aquí, dice Sarai mostrándome un aviso luminoso que llega volando hasta sus manos: "Concierto este fin de semana, se presenta Sandro y Nino Bravo"

—Ayyy, qué rico, por fin los voy a ver como

son, aunque ahora estén convertidos en almas, pero imaginaré sus rostros y sus cuerpos como eran…No creo que sea pecado…—dice Sarai, feliz como nunca.

Pero también le toca a don Nepomuceno, porque al día siguiente el turno es para Carlos Gardel. Como nuevos residentes, al preguntar por ellos alguien nos señala el jardín donde se reúnen a tertuliar poetas, músicos, filósofos y todo aquel que admire el arte y la belleza. Allí están las almas de Carlitos Gardel, entre otros, muy sonriente según alcanzamos a materializar cuando nos los muestran. Don Nepo no quiere esperar hasta el día siguiente y se arrima a saludarlo muy efusivo.

—¡Carlitos…Qué maravilla verlo, su música siempre me gustó y allá en Medellín te admiran mucho, te hacen honores, sigues vivo para ellos…, hasta libros han escrito acerca de tu vida, el último que leí fue: *Gardel vive en Guarne* por Ricardo León Peña Villa, que por cierto ya es un huésped de este lugar.

—¡Encantado!...No sabés lo que me alegra oír eso, lo buscaré para agradecérselo en espíritu. ¿Y en realidad les gusta mi música todavía? Ya sé que los pibes de ahora andan con su música rockera, el famoso reggaetón, bueno a este último no se le puede clasificar como música, sería demasiado honor a la vulgaridad. Es un placer enorme saber que aún hay sensibilidad musical en otros. —dice con su voz de siempre el gran Zorzal Criollo, haciendo blanquear una vez más la tremenda sonrisa de las fotos y el cine, y acomodándose coqueto su inolvidable sombrero gardeliano de caña.

Sarai, por su parte, le está sonriendo a Sandro de América, nada menos y a Nino Bravo que, como de casualidad (aunque en El Cielo no hay casualidades ya, ni milagros) están también en el mismo sitio conversando quizá de sus respectivos recuerdos de infancia y juventud. De los amores que con seguridad todavía añoran.

Al ver a Sarai, como irremediables galanes, paran las orejas y le devuelven miraditas invitadoras. Sarai se les acerca, temblorosa de emoción, como si hubiera vuelto a la adolescencia y dice:

—¡Que emoción!... Verlos por fin cara a cara, a mis dos ídolos musicales más grandes, juntos... Este sí es en verdad El Cielo.

El abrazo no se hace esperar, y Sarai parece en éxtasis. Al verme, también me saludan amables mientras Sarai no para de elogiarlos. Y como para no quedarme atrás descubro allí mismo a dos bellezas de cantantes que también admiré desde mi juventud: las dos Rocíos, es decir a la Jurado y a la Durcal que se encontraban echando chistes al lado de Lola Flores, La Faraona, y de casi nadie: la tremenda Celia Cruz.

—¡Azúuucarrrrr!...—dice cuando me mira y me ve como embelesado contemplándola— ¡No te aflijas la vida, vive con "sabóoooo"!...

—Espero que asistáis al concierto, terminando la semana, que voy a estar alternando aquí con mi amigo Sandro. —comenta Nino Bravo.

—Cómo faltar a semejante concierto, nos decimos, para escuchar las voces más grandes de la canción romántica de todos los tiempos...

Después de hablar un buen rato con todos estos seres que fueron los más aplaudidos y que siguen vivos con su música, convidamos a don Nepo a terminar de recorrer las bellezas inimaginables del paraíso que de seguro apenas empezamos a descubrir. Pasamos por un pequeño puente, miramos un río poco caudaloso, y divisamos un grupo de hadas que disfrutan de un agradable baño mientras las avecillas traen sobre sus cabelleras doradas, hermosas flores.

—Me gustaría sumergirme en esas aguas tan cristalinas, pero me temo que asusto a las hadas, ja, ja, ja...—dice en tono bajo don Nepo—

Seguimos avanzando a lo largo del puente hasta llegar a un vergel que desprende aromas de lavandas, tomillo y romero. Alcanzo a ver una pareja abrazada que se me hace familiar.

Son mis padres que están sentados en una banca de madera, debajo de un guamo grandísimo, conversando muy entretenidos, dándoles de comer a las palomas. Tengo que saludarlos e interrumpir su conversación.

—¡Dennis, mijo!...qué dicha tan grande verte,

siempre intercedí ante el Todopoderoso por ti, para que fueras un hombre de bien, estabas tan joven cuando partí de la tierra, pero supiste sacar la finca adelante en compañía de tus hermanos…—dice mamá llena de alegría, mientras papá también me abraza con lágrimas de felicidad en los ojos.

—Siempre fuiste muy respetuoso y muy buen hijo. —dice el viejo— y todo un caballero con las damas, sobretodo respetuoso con tus hermanas.

—Cómo no haberlos querido y respetado si ustedes fueron los seres más buenos que me acompañaron y se desvelaron por mí…Usted, madrecita, que soportó tantas dificultades para levantarnos a todos…y usted, papá, sacrificándose de sol a sol para alimentarnos y darnos el estudio. Pero ya ven, ahora están disfrutando la recompensa. Y hasta yo mismo, quien lo iba a imaginar, después de tanta lucha…¡Y miren a quien les traigo acá!...a Sarai, que es mi nueva compañera.

Les explico con calma lo que había ocurrido con Rosario y cómo la vida, o mejor, la muerte, me ha brindado esta nueva oportunidad.

Se saludan con un fuerte apretón y vuelven a sentarse a conversar pero ya con nosotros, pues hasta don Nepo se une con alegría a la reunión. Al mucho rato nos despedimos pero quedando de seguir viéndonos cada día ya sin afanes para disfrutar de este reencuentro. Me extrañó no ver a mi papá con el violín, nos entretenía tanto con sus canciones, tal vez lo dejó colgado en una nube.

—Bueno hijo, nos vemos después. —dice mi madre querida con una sonrisa maravillosa.

Me voy con Sarai al sitio asignado para dormir porque ya se hace tarde, aunque el tiempo en El Cielo sólo es sicológico, es decir, cada cual lo siente a su modo, y para nosotros ya estaba siendo como de noche. Buscamos el nido asignado y nos asombramos de ver que en El Cielo también aparecen millones de estrellas, pero eso sí, vistas abajo, no arriba, como un infinito océano de zafiros y diamantes extendido a nuestros pies…

Otras almas buscan cada una su lugar para descansar o salir a deambular para visitar a sus familiares en la tierra. Planeamos ir después para ver qué están haciendo y, por qué no, terminar algunas de las cosas que dejamos pendientes allá en la tierra, luego de pedir autorización, claro está. Me entretengo pensando cómo será si me presentara en plena sala, como un espanto ante mi hermana Perla y Amanda. Se orinarían del susto…Lo mejor será hacerlo, pero cuando duerman para que crean que es un sueño. Me interesa saber qué habrá pasado con la finca y con Rosario después de todo. O hasta Rosario misma podría decirme qué va a hacer con su vida, y yo le contaría de mi nueva relación con Sarai.

—Está muy cómodo este nido acá...—dice Sarai— mientras pasa sus manos por el terciopelo azul de los almohadones y huele con fruición el perfume de las enredaderas que hacen de techumbre.

—Entonces duerme ahí a un lado y yo acá, no te preocupes, no pasaremos frío ni calor.

—Dennis, todas las almas piensan que tu y yo somos esposos o novios…

Me quedo mirándola con el ojo malicioso y dejo asomar una sonrisa, pero la tranquilizo con una conclusión: entre nosotros sólo importa en adelante compartir ese amor espiritual que no acabará ya en muerte, ni en dolor, ni en soledad, ni en separación…

—Oh, qué bello lo que dices, Dennis…parece que empiezo a recibir las gracias celestiales por fin…

—Debemos ir a la tierra a saludar a nuestras respectivas parejas y hacerles saber de alguna forma nuestra propia felicidad.

Conversando así, tan tiernos, nos quedamos dormidos, ya sin angustia por el despertar.

Una mano fría toca tus pies

Pedimos una autorización al arcángel encargado de diligenciar los permisos para ir a la tierra, Sarai y yo queremos ver a nuestros seres queridos. Don Nepo dice que si nos damos cuenta de algo en nuestra ida allá, le contemos después, pero no quiere ir con nosotros.

—Prefiero presentarme en forma de pesadilla —dice.

Una vez concedido el visado, pensamos la forma en que nos presentaremos, de todas maneras se van a asustar porque nos verán como espantos. La salida es al caer la noche luego del concierto celestial. Nos ponemos nuestras túnicas blancas y el Ángel Guardián nos acompaña para no que no nos perdamos al regreso y quedar como almas en pena deambulando por el mundo. Es el indicado, pues por lo fornido y alentado inspira mucho respeto. Se notan sus musculosos brazos a través de su vestidura. Por lo demás nos provee de un garrote por si lo necesitamos y a Sarai, con mucha discreción, le entrega una cauchera de siete resortes con una buena bolsa de piedras. Nos metemos como en una burbuja grande y transparente, igual a la que hacen los niños con jabón y, ya en camino, nos informa de que cuando queramos podremos hacer también esas visitas en forma de sueños sin necesidad de salir del El Cielo, y con menos riesgos.

—Eh…Me parece genial la idea, ¡pero por esta vez queremos disfrutarlo en cuerpo y alma! —contestamos.

—Como prefieran.

En cuestión de minutos aterrizamos en un pantanero porque el ángel no calcula bien la caída.

—¡Carajo!...Se me embarró la túnica —dice el ángel.—Me tengo que quedar en peloto para lavarla ahí en esa quebradita que corre más abajo, espérenme cinco minutos…

En poco tiempo estamos en la hacienda. Ya se le ha secado la túnica al ángel y entonces les indico a él y a Sarai que me esperen escondidos detrás de un árbol grande en el patio mientras entro en la casa.

Es noche de luna y se ven revoloteando los murciélagos. Noche perfecta de aparecidos, pienso, no sin alguna nostalgia entrando a través de las paredes, esas viejas paredes que tanto conozco y quiero. Tomo aire y empiezo a recorrer las habitaciones como si aún viviera allí. Veo entonces que en la cocina están dos de mis hermanos y dos trabajadores tomando chocolate con galletas, conversando muy animados. Amanda mi hermana menor parece que anda todavía de viaje. Me sitúo, para verlos, afuera, detrás de la ventana. Y como si el frío lo instara, Jairo se acerca para cerrarla. Para no asustarlo me voy para su habitación y allí él entra al rato para acostarse. Enciende una veladora y la pone en la mesa de noche, reza después por unos cinco minutos. Decido mover un poco la túnica que me cubre desde el rincón donde estoy parado.

—Hummm qué raro...Siento mucho frío y parece como si hubiera alguien aquí, observándome —dice. Me da por jugar un poco y sin que advierta apago la veladora y toco sus pies con mis manos en medio de la oscuridad.

—¡Ahhhh...Mierda! ¿Quién anda ahí?...—dice con asombro y pregunta asustadísimo recogiéndose dentro de las cobijas. Me da un tanto de pesar y de risa al mismo tiempo viéndolo así.

—De parte de Dios o del diablo que deseas, habla y vete en paz. —Alcanza a decir temblando de miedo.

Decido entonces suspenderme en el aire frente a él, dejando que el resplandor de la luna que entra por la ventana revele mi presencia.

—No seás tan gallina hombre Jairo…¿No ves que soy tu hermano?…Dejá de gritar y más bien conversemos un momentico.

—¡Vos estás muerto…Qué hacés aquí Dennis, andáte a descansar!...

—No me lo tenés que repetir, sólo quiero saber cómo están las cosas con la finca.

Veo que empieza a tomarlo con más calma pero todavía lleno de recelo me contesta:

—Todo marcha mejorcito…Estamos manejando la finca muy bien. Pero tu mujer se largó al día siguiente de tu entierro.

—Hummm…me imaginaba que iba a hacerlo, ¿y Adrianita, mi niña?

—A ella la manda acá a veces a visitarnos, eso sí me parece un buen detalle en ella.

—Ah, bueno, al menos eso es algo —digo, no sin tristeza —Bueno, no te molesto más, sigan haciendo las cosas así, manéjense siempre bien, yo sé por qué se los digo. Sepan que los quiero mucho y que desde El Cielo donde ahora estoy, seguiré pendiente de ustedes. Adiós hermano…

—No, pero espere…Por qué tan rápido, después de este susto tan verraco, aguarde y déjeme llamar a Perla…

—No, no es bueno hombre —digo— ya la querés matar de un susto…Mejor dejemos así. Dile que la recuerdo y la quiero mucho, lo mismo a Amanda cuando regrese. Chao.

Y con estas palabras desaparezco de su vista y salgo de nuevo a la noche fría, esta vez rumbo a donde vive ahora mi ex esposa Rosario, pero antes me reencuentro con Sarai y el ángel.

—¿Estás bien? —me preguntan.

—Sí, vamos a otro lugar. –les digo.

Volando rápido por encima de las montañas llegamos a la finca *El Palmar* donde está Rosario. El ángel y Sarai vuelven a esperarme sentados en una banca del corredor.

Rosario está escuchando un programa radial con Cristóbal Américo Rivera, locutor que le gusta mucho antes de acostarse, y mi hija se halla ya en su cuarto y duerme como una palomita. Entro sin ser advertido hasta la habitación de mi hija, la veo, más hermosa que nunca, tan linda como uno de aquellos querubines que recién he conocido, le doy un beso en la mejilla y ella parece sentirlo, porque por instinto desliza su manito hasta allí, pensando quizá que es un zancudo. Paso a la pieza de Rosario, y veo que está recostada de lado sobre la cama con una mano debajo de la cabeza y la otra sobre la almohada. Ese catre fue testigo del revolcón que nos dimos la primera vez cuando la mamá se había ido para misa de 7.

¡Qué hermosa era entonces! Ahora sigue siendo muy bella, y debajo de la pijama transparente puedo ver sus gráciles formas, todos esos encantos que sin duda pronto serán disfrutados por otro. La cobija permanece aún doblada sobre una silla, y un candelabro ilumina la habitación con dos velas amarillas a un lado de la cama, enseguida del radio. Ella repite el comercial: "El dolor le tiene miedo a *Dolorán*, frotando, frotando el dolor se va a acabando".

No sé qué hacer ahora. De momento sólo me decido a darle unos suaves jaloncitos de pelo y con agilidad entonces ella mira alrededor, se toca el cabello, y sigue recostada. Vuelvo a hacerlo y esta vez le respiro en su cuello.

—¡Ay qué es esto!... —grita.

—No chilles, soy yo, Dennis, tu marido…Me estabas esperando, querida?

—¡Ayyy!... —vuelve a gritar mientras se para de la cama espantada. Empieza a temblar, y puedo advertir hasta su cabello erizado. Por suerte, como si empezara a comprender, se queda callada aunque con lágrimas en los ojos…

—Estás muy bella esta noche, valdría la pena hacerte el amor aunque sea a la fuerza, y sobre esta misma camita donde un día coseché la flor de tu inocencia… ¿Te acuerdas? También gritaste, pero de emoción. —termino diciéndole quedamente, a media voz, para no despertar a la niña.

Pero no es capaz de responderme. Está paralizada, sin atinar a pronunciar una sola palabra, la boca abierta y a punto de desmayarse. Le doy tiempo a reaccionar, y tras uno o dos minutos, al fin me suplica:

—No me vayas a hacer daño Dennis. ¿Qué quieres?

—No he venido a eso, solo quiero decirte que estás libre de conseguirte el hombre que quieras, puedes destruir todos mis recuerdos para que el otro no se incomode, lo único que te pido es que cuides de Adrianita y no permitas que le pase nada. Si me doy cuenta de que la descuidas por estar divirtiéndote, volveré a jalarte los pies en la noche, queridita, hasta la vista mujer divina...

—Haré lo que me pidas, pero no me vuelvas a asustar por favor.

Le doy entonces un pequeño beso en la frente y me retiro atravesando la puerta cerrada frente a ella. Alcanzo a ver cómo sale corriendo despavorida hacia el cuarto de la niña y se acuesta junto a ella llorando y temblando de terror. No puedo evitar sentir una cierta satisfacción después de todo, sabiendo que captó mi mensaje.

—Vámonos rápido, es tu turno. —digo a Sarai cuando salgo al corredor. —Pero creo que debemos entrar todos —agrego— porque tu marido sí es peligroso, aunque estés ya muerta, no sabemos si tiene pacto con Satanás…

—Tranquilos —comenta el ángel —Yo soy experto en esos mortales dificultosos, soy cinturón negro, y hasta boxeador y campeón de lucha libre, el mismo Bruce Lee no puede conmigo... Si quieren entro y preparo todo primero.

—De acuerdo.— le contesto.

En medio de una llanura está la casa donde vive ahora el hombre. Todo está a oscuras. Sarai y yo nos quedamos afuera, al lado de la pesebrera. Los caballos nos ven y se asustan y hasta los perros se esconden cuando nos olfatean…El ángel se adelanta y entra en la casa. Tiberio está despierto todavía según vemos por el reflejo de una lámpara que tiene todavía encendida. Miramos a través del vidrio de la ventana cómo el ángel apaga la lámpara y Tiberio se queda expectante, creyendo que es el viento. La presencia del ángel, de alguna manera parece infundir en Tiberio una especie de temor reverencial, aunque no puede verlo. Vemos que se sienta en su cama y se queda esperando. Entonces Sarai y yo decidimos entrar a la habitación de los niños que duermen. Ella, como buena mamá sólo quiere acariciarlos, darles unos besos amorosos y abrazarlos al fin después de haberlos llorado tanto. Los niños parecen sonreírle desde la profundidad del sueño. Mientras tanto, el ángel empieza a mover los cuadros del cuarto donde se encuentra Tiberio que, entonces comienza a asustarse en serio. Todavía cree que es el viento o algo por el estilo. La oscuridad y la presencia del ángel lo tienen achicopalado de verdad. Entonces vemos y oímos cuando dice:

—¡Qué carajos está pasando pues! ...

—¡Qué te pasa Tiberio! —dice de pronto la voz de

su nueva mujer, Juana Candela, desde la alcoba donde duerme esperando a que su marido venga a acostarse.

—No sé... Están pasando cosas raras esta noche...

—Imaginaciones tuyas, yo no he visto ni he notado nada, venga a acostarse ya más bien...

—Ya voy, mujer. Espéreme un momentico mientras voy al baño.

El cuartico de baño está un poco retirado de las habitaciones y hasta allá se dirige Tiberio. Orina y luego quiere lavarse las manos. Cuando abre el grifo lo que sale es sangre en vez de agua. La luz del candil amenaza también con apagarse.

—¡ Ay Hijueperra! ...¿Pero qué es lo que está pasando? —tartamudea el hombre y mira hacia el espejo. Lo que ve le deja estupefacto: la escena de aquella mañana sangrienta en la cocina cuando asesinó a Sarai. Y el candil se apaga. La oscuridad es total en la casa. El terror hace presa de él cuando la mano fría del ángel lo agarra por fin del cuello, le hace una llave de kung fu y lo arrastra hasta el patio donde ya en el suelo, le dice:

—Así que no creés en espantos, asesino... Pues ahora vas a ver algunos, veremos qué tan valiente sos...—Y entonces aparece Sarai montada sobre la yegua blanca que en un momento había ido a sacar de la pesebrera. La luz fantasmagórica de Sarai y el color blanquecino de la yegua hacen ver en realidad aterradora la escena. Tiberio, abriendo tamaños ojos se quiere levantar del piso, pero no puede. El viento frío de la noche sacude las largas crines de la yegua a la que para completar, el ángel hace que le brillen los ojos con un resplandor de fuego infernal. Tiberio tiembla como un papel mientras Sarai, con esa voz misteriosa que le da el estar ya del otro lado de la vida, dice:

—Ya no me puedes hacer daño nunca más y vendré a ver a mis hijos cada vez que quiera. Muy pronto, además, Dios habrá de castigar tu crimen.

—¡No puede ser!...Tú estás siete metros bajo tierra, bruja maldita! —responde de pronto, como reaccionando y queriendo recurrir otra vez a la violencia.

—¡Calláte! ...—ordena Sarai—, no vengás ahora a dártelas de macho. Ya no estás en condiciones de volver a amedrentarme. Todo lo contrario. Vas a tener que rogarme a que te perdone, si es que eso quieres, pero no lo haré. La justicia divina se encargará de ti. Ya te están esperando los diablos en El Tostadero. Vas a ver lo rico que vas a pasarlo allá...en medio de serpientes y toda la candela que te merecés.

—Así es, desdichado...—dice el ángel mientras retuerce el brazo de Tiberio que entonces se queda allí tendido en el suelo, tan manso y tembloroso como un perro regañado.

A mí ni me determina, posiblemente cree que soy otro ángel. Y Sarai montada como una reina de la noche en la yegua blanca, termina dicéndole:

—No te imaginás lo feliz que soy ahora, pero vine a decirte que también pagarás por tu culpa en esta misma tierra, serás el hombre más amargado de ahora en adelante. Pero eso sí, estaré pendiente de los niños. Ya lo sabés…Y si los llegás a tratar mal, tené por seguro que te jalaré las patas y te atormentaré cada noche hasta el día de tu muerte.

Tiberio, por fin vencido, no hace más que agachar la cabeza sin atreverse ya a contestar nada. Así que el ángel, con un gesto, nos insinúa que desaparezcamos. Y en efecto, nos hacemos humo otra vez, dejando al infeliz allí tendido, lleno de pánico y escarmentado para siempre. Tal vez, cuando su mujer viene a buscarlo, no sabe cómo explicarle lo que le ocurrió. Se van a acostar, y ella sabe sin embargo que algo terrible le ha sucedido.

Entre tanto, nosotros estamos cómodamente sentados dentro de la burbuja llegando otra vez a El Cielo, un poco trasnochados pero felices, satisfechos con las travesuras que en compañía de El Ángel Guardián hemos vivido.

Llega el día y después de una noche tan excitante nos esperan cosas más agradables.

—¡Hoy es el concierto de Nino Bravo y Sandro!... Iremos a verlos allá en El Oasis, siempre fue mi deseo verlos de cerca, poder estrechar sus manos, pero no tuve la oportunidad. —me dice Sarai.

—Está bien, vamos, y en el camino te diré algo muy importante, acuérdate de vencer las tentaciones, parece que te gusta Sandro, ¿no? —le digo con una sonrisa.

Muchas almas se reúnen para asistir al concierto y en primera fila está Sarai. Don Nepomuceno, mis padres, algunos amigos que habíamos encontrado, tíos, abuelos, conformamos ya, de hecho, una inmensa familia. El primero en comenzar el concierto es justo de Sandro: "*Rosa, Rosa, / tan maravillosa / como blanca diosa, como flor hermosa / como me condenas / a la dulce pena /de sufrir...*" y luego viene Nino Bravo con otra melodía hermosa: "*Contigo yo me siento el rey del mundo, / desde el momento en que dijiste / que me quieres solo a mí...*"

—Hummm... Te la dedico. —le digo a Sarai para dar pie a mi declaración de amor definitiva.

—Me encanta, gracias Dennis, me siento muy contenta contigo. Voy comprendiendo algunas cosas...

—Sarai, de ahora en adelante vamos a ser compañeros, novios, el uno para el otro, hagamos un pacto de amor, porque en este lugar no se celebran matrimonios, pero tenemos la libertad de darnos amor, seremos como dos almas gemelas, "*Dos almas que en El Cielo había unido Dios...*"

—La tierra perdió un hombre pero El Cielo ganó un ángel, ese eres tú. Este sí es el verdadero Paraíso.

¡Gracias Dennis, seremos como un solo ser, para siempre!...—Estas palabras de Sarai me llenan de infinita felicidad.

Concluido el concierto, salimos tomados de la mano caminando por uno de los hermosos senderos que van al Gran Jardín de Dios. Esa noche, en mis sueños, vuelven las imágenes de los paseos que hacíamos los domingos con mi madre, cuando íbamos al parque después de misa. Me parece escuchar de nuevo las voces de mis hermanos y de mamá fotografiándonos. Le gustaba mucho tomarnos fotos y que la fotografiasen también a ella.

Capítulo II

La muerte en otras culturas

Contar los días de felicidad y de maravillas que empezamos a disfrutar Sarai y yo a partir de allí sería cosa imposible. Nuestras vidas se multiplican casi al infinito cuando de calcular las experiencias que nos tiene destinadas la Divinidad se trata. Sin embargo, como el tema de la muerte me ha interesado tanto a lo largo de mi vida en la tierra y luego en El Cielo, me parece interesante relatarles lo que respecto a la muerte nos comparten algunos personajes que allí encontramos y los cuales tienen por costumbre, para no perder la capacidad de pensar, tal vez, hablar de temas interesantes que aunque ya parezcan inútiles aquí en El Cielo, siguen siendo agradables y todavía profundos, como el tema mismo de la muerte. Entre estos personajes está la sacerdotisa egipcia Dimianya, joven hermosa, de cabellos negros y lacios, de ojos verdes y misteriosos que esta mañana empezará a hablar sobre cómo veían la muerte en su cultura. El lugar para las charlas es el panóptico, una tranquila terraza desde donde se divisa gran parte de El Cielo y donde además, podemos disfrutar de bebidas sanas muy frescas mientras se conversa. Es que el conocimiento, a pesar de la muerte sigue siendo importante para las almas que siente que no todo es pasar rico como en una fiesta permanente. El conocimiento es aquí en El Cielo una de las mejores manera de alabar también al Creador. Y es por ello que los científicos y los pensadores más grandes de la tierra a pesar de ciertos problemas con la fe que tuvieron en vida, son de lo más apreciado y respetados aquí. El Ángel de la Muerte, Azrael, es el moderador de las preguntas que en aquellas reuniones se realizan. Esta vez, la primera en hablar es la sacerdotisa, y ya la vemos acomodarse el velo púrpura que matiza su piel morena, y con su atuendo ceñido a su esbelto cuerpo, toma una copa de agua y espera un momento mientras Azrael la presenta:

—Bienvenidos hermanos. Vamos a empezar las conferencias acerca de la muerte y las distintas maneras de vivirla en diferentes culturas humanas. Damos la bienvenida a Dimianya, sacerdotisa egipcia, quien nos ilustrará un poco sobre el tema en Egipto. Luego vendrán otros contertulios famosos. Ya los presentaré también. Así que disfrutemos.

Todos nos pusimos de pie y aplaudimos con fervor. Dimianya inclinó la cabeza, sonrió con amabilidad y levantó su mano derecha.

— Cordial salutación, queridas almas. Para empezar les contaré algo sobre la muerte en mi país y algunos rituales que seguíamos. Les cuento primero que viví durante el reinado de Hatshepsut, faraona de la dinastía XVIII. Durante ese reinado ella se dedicó a embellecer mi país y a restaurar los templos.

—Tengo entendido —interviene Azrael— que en Egipto el cuerpo era entregado a la familia, ya momificado, y se sometía a una ceremonia que le llamaban, hummm…

—De la "*apertura de la boca*", ritual que preparaba para comer y beber y hablar nuevamente. —dice Dimianya, y prosigue explicando. —De esta forma el cadáver estaba listo para bajar a la tumba. Y como éste, otros muchos rituales se realizaban para permitir que la el *Ka*, es decir el alma, se liberara y pudiera continuar recorriendo el mundo de los muertos. Los reyes en primer lugar tenían que ser momificados para conservar su ser lo más completo posible para el viaje eterno, y a su lado debían tener toda clase de riquezas desde mantos, piedras, enseres y objetos tanto como fetiches y herramientas. A todos los gobernantes del reino los enterraban con grandes tesoros y aun con sus sirvientes y personas cercanas.

—Deduzco que por eso han existido siempre las llamadas "guacas" o tesoros enterrados, y hasta son los mismos muertos los que dan señales de donde se encuentran a través de signos extraños como luces o sonidos...—comenta don Nepomuceno quien ya se había demorado mucho para volver a soltar la lengua...

—Claro, y todavía siguen haciendo importantes hallazgos, aunque para nosotros eso es profanación y todavía sentimos dolor por el irrespeto que han tenido con nuestras tradiciones —contesta Dimianya.

—Siempre ha sido la ambición material la perdición del hombre. —dice mi padre, mirándome.

—La historia más conocida sobre tumbas y tesoros, como saben, fue la de Tutankamon, descubierta en 1924, por el egiptólogo Howard Carter. Y parece que la maldición se cumplió para él y varios de sus compañeros. En mi cultura, antes del cristianismo, creíamos de verdad en estas cosas y algún efecto tendrían, porque lo que importa es la fe de las personas en cualquier cultura. "*La muerte vendrá con alas ligeras sobre el que se atreva a violar esta tumba*", decía una inscripción allí, y ellos no la tomaron en serio...Bueno, pero déjenme terminar diciéndoles que para nosotros la prioridad era poder prepararnos siempre para la muerte, construyendo de antemano la tumba o al menos teniéndola siempre lista. No queríamos perder el cuerpo y con él la conexión para volver a la vida, de ahí la preocupación para momificarlo.

—Ah me parece muy bien que se prepararan desde temprano para ese último evento, porque la mayoría tienen miedo hasta de hablar del tema, sabiendo que la muerte es lo más seguro que tenemos todos. —señala mi madre, con el tono sentencioso que siempre le gusta adoptar.

—Sí, ma'…esa es la cita sin falta de todos. —le digo, apoyándole en su comentario.

En ese momento vemos que San Pedro entra en el panóptico y susurra algo al oído de Azrael.

—Ah, claro, —dice el Ángel de la Muerte —Mejor démosle prioridad ahora a los más viejitos, para que no se nos duerman. Entonces que siga el chinito que está allí al fondo, el de camisón rojo…Su nombre en la tierra era…Confucio.

—Gracias, gracias…—dice el anciano con voz realmente muy clara para sus años

—Lo que pasa es que a las damas hay que cederles siempre la palabra en primer término. Pero ya que ella parece haber terminado…

—Pase usted aquí entonces, señor Confucio…—dice Azrael.

—Tenemos noticias muy elogiosas sobre su historia. Será un gran placer y un privilegio escucharlo. Todos volvimos a aplaudir mientras el respetable sabio se acomoda ante nosotros sonriendo con las dos rayitas de sus ojos, y haciéndonos una reverencia con las manos juntas. Y empieza a decirnos:

—Confucio es el nombre con el que se me conoció popularmente, pero mi nombre es Kong Qiu, y también me conocen como Kong Zhongni. Nací en 551 antes de La era cristiana y acabó mi vida en la tierra allá por el año 479. Es decir, que ya estoy viejo de andar por acá en El Cielo y en la memoria de la humanidad. Pero aun así extraño mucho mi pueblo Qufu allá en Shandong. Como hace tanto tiempo que habité la tierra, algunos ni me conocerán ahora, pero por eso les cuento un poco acerca de mí. Mi bisabuelo, como político, era peor que yo como pastor, me fue mejor como profesor porque tenía tres mil alumnos, pero no todos eran destacados. Bueno, pero en relación con el tema de la muerte, comienzo por contarles que en mi cultura la gente creía en muchos dioses, y se creía que lo controlaban todo en absoluto. Para tenerlos contentos la gente les hacía toda clase de ofrendas en cereales, bebidas embriagantes y sacrificios de animales e incluso humanos. En eso todos los pueblos antiguos se parecen.

—Perdone, maestro, una pregunta, ¿Por qué será que ponen alimentos en los sepulcros de los chinos fallecidos? —dice con su bella voz y acento Rocío Jurado muy hermosa todavía, sentada al lado de nadie menos que el famoso Mario Moreno, "Cantinflas", de México.

—Precisamente, mi querida y bella señora —contesta Confucio —todo tiene su origen en ese culto a los dioses y en la creencia de que al morir toda persona debe tener cómo hacer también ofrendas en el otro mundo. Ya vemos que aquí todo es muy distinto, pero en ese entonces así lo creíamos. No obstante todas estas creencias fueron evolucionando en el tiempo y con la cultura misma hasta empezar a entender que lo más importante era valorar la propia vida, es decir, que la manera de vivir determinaba el fin mismo de las personas, sin importar lo que sucediera en el más allá. Me parece que a eso contribuyó muchísimo la filosofía que yo mismo propuse, y la que los grandes poetas y sabios que me siguieron también supieron difundir. El budismo zen, por ejemplo, más que una religión fue una forma de entender la vida y al ser humano como parte de una armonía infinita donde la bondad, el respeto por la naturaleza, la sana convivencia con los demás, el orden, la alegría de vivir con sencillez, la no violencia y el conocimiento y práctica de las artes, eran principios para llegar a ser parte de la verdad, de la belleza universal, de la sabiduría eterna. La muerte dejaba de atemorizarnos cuando se vivía dentro de esta concepción tan espiritual y al mismo tiempo tan humana...

—Ah, qué bella manera de entender la vida, maestro. —dice la Jurado y aprueban también todos con un aplauso. El sabio sonríe con naturalidad dejando ver las rayitas de los ojos, y prosigue:

—En el budismo no lloramos a los muertos, aunque en general son las mujeres quienes al fin de cuentas se vuelven más sentimentales al respecto. Pero en China no nos complicamos con entierros ostentosos. Basta una mortaja, a veces de color negro o el vestido mejor que tenga la persona y así se entierra o se incinera. Cierto que algunos ricos contratan monjes para acompañar con sus rituales al cuerpo y a veces lo llevan en andas acompañados de música y flores a montón. Pero lo más importante es el silencio, la serenidad que la muerte representa según haya vivido la persona.

Las palabras del sabio siguen extendiéndose con agrado durante mucho rato, y la verdad que provoca como un éxtasis en los oyentes, por la paz que infunden en el alma. Su voz me recuerda la de un padrecito muy viejo que tuvimos en el pueblo muy buena gente. Y mamá y papá están de acuerdo conmigo. La misma Sarai se ve como arrobada por el Espíritu Santo mientras escucha. Así pasan varios minutos más hasta cuando el Ángel de la Muerte, a una señal, da por terminada la intervención del sabio maravilloso.

Al finalizar, y mientras la gente toma una bebida parecida al cafecito que tomábamos en el pueblo, me acerco con Sarai hasta el viejito que ya desciende del lugar donde acaba de pronunciar su charla.

—Nos encantó escucharlo, es un placer maestro, un privilegio...Felicitaciones. —le digo.

Inclinando un poco la cabeza hacia nosotros, el sabio saca de su mochila tejida en bellas filigranas unos rollos hermosísimo escritos en los bellos ideogramas que al mirarlos, como en un sueño, comenzamos a entender a la perfección, como si estuvieran en español.

—Después de viejo me dio por escribir libros —dice– entre ellos, estos *Anales de Primavera y Otoño* que ahora quiero regalarles para que se entretengan en sus horas de ocio, que serán muchas aquí en El Cielo. Ya no pueden decir que por falta de tiempo no pueden leer —Y el viejo se ríe con encantadora frescura mientras nos obsequia con semejantes tesoros, y prosigue:

—En mi doctrina procuré enaltecer los sentimientos de respeto a lo tradicional, respeto por los ancianos, el culto a los muertos, la unión familiar y la práctica de la caridad.

—Pero eso es maravilloso y una forma muy sabia de vivir, eso es lo que hace falta en estos momentos en el mundo de donde vinimos, porque ahora los gobernantes les falta inteligencia y no son justos, además, muchos líderes lo único que les interesa es llenar sus bolsillos y a la juventud no les inculcan valores espirituales y respeto por la vida... ¡y el pueblo...que se joda..!. —dice mi madre después de acercarse.

Es casi mediodía, aunque en El Cielo el día no tiene realmente horas, pero cada quien lo percibe según su estado de ánimo. Para nosotros es casi mediodía y al parecer necesitamos un breve descanso, o por lo menos una pausa. Nos despedimos del maestro Confucio y nos vamos a caminar un rato por los alrededores. En uno de aquellos hermosísimos jardines refrescamos nuestros pies en las aguas purísimas de un arroyuelo. En la tarde queremos asistir a las siguientes conferencias. Nos acomodamos nuevamente y es el nadie menos que Lao-Tsé quien continúa la charla en torno a la milenaria e inagotable cultura china. Confucio y él son acaso las figuras más reconocidas en ella, así como el gran poeta Li-Tai-Po. El venerable anciano pasó al proscenio y antes de empezar a hablar se tomó con delectación un té de hierbas...Luego levantó sus ojillos hacia nosotros y dijo:

—No voy a repetir lo dicho ya aquí por nuestro amigo Confucio. Solo que, para quienes conocen o no lo que es el Taoísmo quisiera compartirles un poco de lo que está en mi obra *Tao-tse-king* o *Libro del camino,* y de lo que pienso ahora. Aunque nací en un medio ambiente campestre en el 694 antes de la era cristiana, me complace saber que la humanidad todavía me recuerda y respeta lo que hace tanto tiempo escribí con respecto al Tao, que como ya saben, no se puede definir aunque todos podamos experimentarlo en nuestro interior. Porque el Tao como la idea misma de Dios que tenemos ahora en El Cielo, es algo que supera toda palabra, todo lenguaje que trate de explicarlo, excepto si es el lenguaje del corazón, del sentimiento, de la intuición espiritual.

Queridas almas, sobre este conocimiento se basa el comportamiento de millones de personas en mi cultura y aun en occidente. Un modo de entender y de integrarse a la vida, a la naturaleza que permite la armonía, la paz, la comprensión de uno mismo y del entorno humano y social como parte de algo superior, algo más grande y bello. A los hombres les conviene sentirse parte de esa fuerza para que piensen y logren la santidad eterna. Allá en la tierra les enseñé que dominando los deseos y las pasiones, se puede alcanzar la felicidad.

—Qué bueno que los políticos y sus lagartos leyeran sus enseñanzas porque no tienen control de su cochina codicia para vivir como reyes mientras el resto de humanidad sufre necesidades. —comentó Sarai.

—Además uno debe ser compasivo y obrar con honestidad y justicia, evitando la hipocresía, la mentira y la guerra, para alcanzar el Tao. —continuó Lao-Tsé.

—Y es bueno saber que si ustedes están aquí hoy conmigo es porque de alguna manera fueron personas justas, veraces, compasivas. Pero el Tao sigue siendo en nosotros un ideal de perfección y armonía que no debemos perder. Me alegra mucho que aunque ya hayan alcanzado lo que llamamos la salvación eterna, todavía sientan curiosidad por el conocimiento y por la espiritualidad.—

La charla del sabio, como todo lo suyo, no es demasiado extensa. Quiere concluir con la lectura de algunos hermosos pasajes de su libro inmortal, y a cada uno nos obsequia también con una hermosa copia escrita en ideogramas chinos que para todos son ya divinamente legibles. Azrael da por terminada la sesión de ese día y prometemos continuar al siguiente.

Para ese nuevo día Azrael pide el favor de ser reemplazado por el Arcángel Gabriel, quien mucho más amable tal vez, nos recibe en el panóptico con su hermosa sonrisa. El invitado especial para esta ocasión donde se hablará de la muerte en la cultura africana, es un ser humano ejemplar, quien vive todavía y que por una gracia especial es traído a El Cielo para dictar su charla: Nelson Mandela.

Los aplausos se oyen como lluvia en cuanto aparece el hombre, y pasa sin detenerse a la tarima luciendo su cabello canoso y la expresión jovial de siempre. Luce un traje de paño blanco que contrasta con nuestras túnicas, pero comprendemos que es porque todavía es un ser humano vivo, aunque delicado de salud. El Arcángel Gabriel lo presenta y le da la palabra. Mandela comienza su charla y todos sentimos la fuerza de sus palabras, su carisma:

—Gracias por esta invitación tan especial, seré breve. Debo regresar a la tierra antes de que noten mi desaparición. Creo que la mayoría me conoce. He sido político africano, abogado y he luchado contra la opresión de los negros sudafricanos.

—¡Bravo, bravo!...—decimos casi en coro —Y no es para menos: este personaje es excepcional, un verdadero líder, presidente africano, antirracista y antiimperialista, preso durante 27 años en condiciones poco humanas que al final logró el reconocimiento mundial a sus luchas.

El ángel hace una señal con la mano para que se aplacaran las ovaciones de admiración y cuando todos se tranquilizan el señor Mandela continúa:

—Mis más sinceros agradecimientos por sus muestras de cariño. En breves comentarios les contaré algo sobre nuestra cultura en relación con la muerte. Aunque en el fondo mi intención es la de destacar la relación más honda que nuestra tradición tiene con la vida, con la libertad, con el heroísmo. Nosotros al parecer tenemos una cultura muy diferente a ustedes los egipcios y chinos, y aunque aquí todos terminamos siendo iguales, sí quisiera destacar que África es la cuna de la humanidad como ya lo han comprobado los antropólogos del mundo. Pero vamos al grano en lo que tiene que ver con nuestros rituales funerarios: para mis antepasados los *Ovambo*, la posición adecuada para enterrar a uno de nuestros muertos es con las rodillas flexionadas delante del pecho y los brazos cruzados si es un ciudadano común y corriente, pero si se trata de alguien muy importante se le envuelve en una piel negra de buey. Lo mismo hacen otros grupos como los *Nyaneka* y *Herero*. Casi siempre, al poco tiempo de morir, se realizan estas ceremonias, aunque ahora han cambiado mucho estas costumbres. Los *Handa* y algunos grupos familiares, esperan cuatro días antes de realizar la inhumación del cuerpo. Antes del entierro, se hace un cuestionario necromántico acerca del responsable de la muerte y la elección del beneficiario principal.

—Un cuestionario, hummm. ¿Eso para qué? —pregunta la sacerdotisa egipcia con gran curiosidad.

—El cuestionario necromántico se hace antes de transportar el cadáver sobre dos asuntos: la designación del culpable de su muerte, en caso de asesinato, y el nombramiento del heredero principal. Una autoridad familiar formula estas preguntas al difunto. Éste responde con el movimiento de la percha sobre la que está suspendido el cadáver, y que reposa sobre las espaldas de los porteadores. Estas mismas preguntas son repetidas en el cementerio. La primera pregunta se hace como confirmación del oráculo que anteriormente ha sido emitido por el adivino de la comunidad. La segunda, igual, se hace como confirmación a la resolución legal que ya ha sido tomada por un Consejo de Familia. Lo más habitual, en la actualidad, es ser enterrado en la parcela familiar de los cementerios de cada distrito. En la antigüedad dos clases de personas eran privadas de sepultura: los brujos y los individuos muertos por causa del hambre.

San Pedro y mi papá se quedan dormidos, pero en esas la entrada de Azrael, que decide reintegrarse a las reuniones los despierta. Hay una ronda de bebidas espirituosas y el señor Mandela continúa:

—En Etiopía, por ejemplo, hay una organización que se llama *Iddir,* la cual tiene como objetivo dar aporte económico a la familia para cubrir los gastos relacionados con el funeral. Las mujeres se ayudan entre sí para la preparación de los alimentos durante el duelo y consolar a los familiares. En algunos lugares de África sacrifican reses para los familiares y allegados del difunto. El consumo del ganado muerto tiene ciertas condiciones. Entre los *Nkhumbi*, no se toca la carne del primer animal sacrificado. En cuanto a los otros, la cabeza y las vísceras se reservan para los niños. Entre los *Herero*, estos tabús son mucho más amplios. Para un gran propietario *Kuvale*, se matan veinte bueyes. Pero ni los familiares del difunto ni los invitados pueden comer de esta carne. Al parecer este sacrificio masivo indica el carácter sagrado de los animales que se destinan a seguir a su dueño en la muerte.

—Muy cierto, mi señor Mandela, y yo dejé constancia de eso. —apunta entusiasmado el antropólogo H. Vedder.

—Los *Herero* del sur creen que es la forma para que las almas de los vacunos acompañen a su dueño en la otra vida y las calaveras de los animales se colocan sobre estacas clavadas cerca de la tumba. —agrega el antropólogo.

Nelson Mandela hace una corta pausa, se toma una copa de vino y sigue su exposición:

—Para terminar, el etnólogo alsaciano C. Estermann escribió en 1956 unos relatos acerca de las costumbres relacionadas con funerales de reyes y políticos de alta jerarquía hasta finales del siglo XIX. Se dice que dos jóvenes eran enterradas vivas junto al cadáver del rey muerto: una para mantener el fuego y la otra para encender la pipa. Una de estas jóvenes era una esclava y la otra una joven del clan de los bueyes. El duelo por estas personas duraba varias semanas y durante este tiempo estaba prohibido cualquier trabajo.

El señor Mandela nos ilustra sobre otros aspectos de la cultura y la política africana, nos hace admirar la sabiduría de sus gentes y la fortaleza para soportar las distintas dificultades por las que han atravesado a lo largo de la historia. La esclavitud, la miseria, el hambre, las guerras, las pestes, la discriminación racial y termina diciéndonos que aunque nosotros estamos ya del lado de la gloria eterna, para ellos la lucha continúa y por lo visto deben surgir más líderes como él para que se alcance una verdadera libertad y dignidad en África, hoy azotada por la pobreza, la enfermedad y la incertidumbre política. Termina la conferencia y a una señal de Azrael salimos de nuevo a pasear el resto de la tarde.

Durante el paseo Sarai me comenta que tiene una tentación, algo extraña para mí: darnos una escapadita al infierno una nochecita de estas. Le expreso mis dudas al respecto, pues me parece algo peligroso, pero comprendo que es parte de la natural curiosidad de las mujeres y le prometo que de ser posible, seré el primero en disfrutarlo con ella, si es que ir a El Tostadero en plan de turismo sea agradable.

—No seas miedoso, no iremos solos, ya sabes que acá tenemos quien nos cuide, además, no pretendo hacer nada malo allá, es solo curiosidad —me dice.

—Veremos entonces, amor. —le contesto.Y continuamos caminando otro rato antes de ir a descansar en nuestro nicho contemplando las hermosas estrellas allá abajo.

Al día siguiente continúan las conferencias. El arcángel Barachiel es ahora el encargado de coordinarlas. Su nombre significa Bendición de Dios.

En una esquina del panóptico el gran violinista Joseph Joachim empieza por amenizar con deliciosa gracia el ambiente antes de que llegue el invitado de hoy. Los dulces arpegios de su instrumento son un verdadero prodigio celestial. Sarai me mira a los ojos con una dulzura única y la música parece expresar para siempre nuestra felicidad mientras nos tomamos de las manos. Pero un carraspeo del arcángel nos obliga a mostrar un poco más de compostura. No debemos olvidar que estamos en la mismísima morada de Dios.

El arcángel anuncia:

—Tenemos hoy con nosotros al señor Raúl Velasco, eminente comunicador, periodista famoso en la tierra. Nos hablará aquí un poco de la cultura de la muerte en los países latinoamericanos. Esperamos que disfruten y aprovechen para ampliar sus conocimientos. Recuerden que el saber es también alegría, es placer, es felicidad.

—Órale pues. Muchísimas gracias a todos, y bueno, estoy muy emocionado. Me habría gustado venir antes, pero ya saben, tenía que esperar para cumplir con mi tiempo allá en la tierra, y esperar el garrotazo final. Como todos saben trabajé en un programa de televisión que quizá muchos conozcan, *Siempre en domingo,* el cual era visto en muchos países. Es un honor para mí, estar hoy en esta sala paradisíaca, para hablarles de nuestros rituales en Latinoamérica.

Latinoamérica sigue siendo una cultura muy hermosa, muy interesante, heredera de muchas otras culturas del mundo, especialmente la española y la cultura aborigen ancestral todavía muy viva en nuestras costumbres. Sin embargo, ha sido la religión católica la que más ha influenciado nuestras tradiciones. Ahora que ustedes están aquí ya saben que, a propósito, más importante que el tipo de religión al que se pertenezca, lo que cuentan son la forma de vivir y el amor, el respeto que tengamos por los demás y por la vida misma. Ser buenos no es cuestión de religión, es cuestión de naturaleza. Pero vamos al tema que nos interesa. Podemos recordar cómo la celebración o ritual del día de los muertos no es nada nuevo en nuestra era. Se remonta a muchas centurias atrás, pero la iglesia católica ha transformado estos rituales en su origen acomodándolos a su liturgia. Fue el Papa Bonifacio IV quien eligió el 1 de noviembre como día de difuntos para contrarrestar las tradiciones célticas que habían llegado a América y que dedicaban ese día al culto de la magia.

—Pero en tu tierra mexicana, lo volvieron todo un festival. —Dice Sarai con cierta timidez.

—Correcto. —contesta Raúl —Lo que pasa es que es esa tradición la trajeron los españoles 500 años atrás y parece que caló con profundidad en el alma del pueblo mexicano que ya tenía en su pasado una fuerte memoria ancestral indígena en torno a los ritos funerarios, como todos sabemos. El culto a los muertos viene desde los egipcios como vimos ayer, pero también los aztecas y los mayas lo tuvieron y en qué grado. Los mismos españoles se asombraron del desarrollo y complejidad de una cultura de la muerte como la que el pueblo azteca tenía hasta cuando ellos llegaron. El catolicismo trató de transformar estas creencias y de hecho lo logró, con lo que vivimos allí hoy en día una especie de sincretismo. Las fiestas celebran la muerte y los misterios del más allá con gran énfasis en lo religioso pero también en lo vital mismo, incorporando elementos burlescos, cómicos y muy exóticos.

—En serio a mí me parece la vida un sueño y la muerte la única realidad donde estoy despierto. —digo yo como para darle un giro a la charla.

—De acuerdo contigo, Dennis. —dice mi padre.

—Hummm, muy buena su apreciación. —responde Raúl, y continúa: —Los españoles pensaron que era algo sacrílego y pagano, pero hasta hoy se conservan esas costumbres y ya son parte de nuestra idiosincrasia. Actualmente se celebra con desfiles, juegos de lumbre, disfraces y bailes. Visitan las tumbas en esta fecha, preparan cráneos de azúcar y se los comen en frente de la sepultura en honor a sus muertos, hacen como picnics y comen los platos preferidos del muerto y oyen la música favorita en vida del fallecido, ofrecen tequila a los adultos y juguetes, si son niños los difuntos.

—Inclusive en Estados Unidos se ve esto ya por el gran flujo de latinoamericanos que vive allá. —dice Miguel Gallardo.

—Infortunadamente esta fiesta en muchos países la han vuelto muy comercial y se une a lo que llaman ahora el *Halloween* que, en algunas partes sigue siendo la fiesta de las brujas. —comento otra vez, y Raúl asiente y pasa a otro tema que complementa otros aspectos de la cultura en torno a la muerte en otros países como Colombia, Perú y Haití, donde el Vudú sigue practicándose con influencias de la cultura africana. Al cabo de una hora da por terminada su charla y todos aplaudimos con satisfacción.

Hay una pausa para escuchar más música y tomar una copita antes de seguir con el otro conferenciante que esta vez es el famoso presidente Mariano Ospina Pérez. El viejo político paisa con su acento característico nos habla de algunas curiosas costumbres colombianas en torno a la muerte.

—En mis tiempos de presidencia había todavía mucho racismo en patria, en la maravillosa nación colombiana. A mí me tocó vivir en carne propia el odio de clases, y el odio político. Fue en mi gobierno donde se desencadenó la peor violencia a partir del asesinato del líder liberal Jorge Eliécer Gaitán. Un periodo dolorosísimo de nuestra historia. Pero en verdad, quiero hablar un poquito apenas de lo que fueron nuestros indígenas. Como ustedes saben, a la llegada de los conquistadores españoles la población fue sometida y rápido diezmada, pero nos quedaron muchas de sus tradiciones y el recuerdo de su cultura. Nuestra ascendencia es primero indígena y negra, con sangre española. Nuestros indígenas, a propósito de sus rituales funerarios, no acostumbraban a enterrar sus muertos tal como hoy lo hacemos. Parece que algunas tribus, incluso, los deshuesaban y los comían junto con sus demás alimentos, a fin de incorporar sus espíritus al propio ser. Costumbre bastante rara que los españoles condenaron y trataron de corregir con la imposición del cristianismo. Esos huesos los metían en mantas, junto con el oro y las esmeraldas que poseían, y a veces los guardaban en una especie de camastros o mantas que más tarde, en cuevas, o chozas, los mismos españoles encontraban y denominaban "guacas". Muchos de esos enterramientos se descubren todavía y la gente se queda con el oro destruyendo el resto de objetos que tienen una importancia antropológica grande. Para los indígenas, el oro era un metal sagrado que representaba al sol, la luz divina.

Todos nos quedamos un poco asombrados. Pero al cabo de un rato, la charla del presidente termina de forma amena. Se hace una pausa, se oye algo más música en la voz de la propia María Callas, la inolvidable soprano, quien interpreta para todos *Casta Diva*, esa aria maravillosa. Luego el ángel anuncia que en pocos momentos podremos escuchar la disertación de nadie menos que al gran Hipócrates, el padre de la medicina. Sarai y yo nos quedamos boquiabiertos. ¡Esto sí que son privilegios celestiales!

Y en efecto, aparece por la puerta del panóptico rodeado de admiradores, perfectamente ataviado con su túnica blanca resplandeciente, los ojos luminosos, la frente en alto, el famoso médico llamado El Grande. El ángel lo presenta y hace un breve recuento de quien fue en la tierra. Se habla de sus orígenes en la Isla de Cos en una familia de magos, y de que estaba emparentado con Esculapio, una figura mítica también de la medicina antigua.

Cuando el gran Hipócrates comienza a hablar, no se oye ni el zumbido de una mosca. Claro, digo y río para mí, es que en El Cielo ya no existen las moscas. En ese instante Hipócrates se queda mirándome de reojo y levanta una ceja, parece que me pilló comentando acerca de sus orígenes. Le digo a Nino Bravo que mejor nos quedemos callados, aunque Nino parece estar como bravo pues se ve cuánta admiración le tiene y se da cuenta de que estamos interrumpiendo.

—¿Has leído acerca de él? ¿No te enseñaron la clase de hombre que representa para todas las épocas hasta el día de hoy? —Me susurra Nino mientras Barachiel vuelve a poner su índice en la boca mirándonos con reproche.

—Claro, es el padre de la medicina. —Le contesto

ya un poco apenado.

—Shhhhhttt…Silencio por favor, más prudencia.— ordena Barachiel, y al fin el gran Hipócrates comienza a hablar:

—A lo largo de los siglos los hijos siempre deben ayudar a sus padres cuando estos llegan a la ancianidad y esto debe ser una prioridad en cualquier época y cuando llega la muerte, es su obligación darles sepultura según sus rituales tradicionales. Años atrás y quizá lo hagan todavía, las mujeres se encargaban de preparar el cadáver, bañándolo y ungiéndolo con aceites perfumados para luego vestirlo con ropas blancas. Luego lo envolvían en vendas, y una vez que le ponían el hábito, era colocado en una cama donde amigos y parientes podían verlo por última vez.

—Muy parecido a nosotros los latinos, aunque ahora los maquillan para que se vean como si estuvieran dormidos y no causen impresión —dice Rocío Durcal.

—Me alegra saberlo. Nosotros teníamos costumbres muy piadosas, de acuerdo con nuestras creencias que después para la humanidad se convirtieron en mitología. Pero ante todo lo que contaba era el respeto para con los ancianos, y la disciplina, el orden de la sociedad fundamentado en lo sagrado. La cultura occidental tomó de nosotros casi todo. Desde el alfabeto, la filosofía, la matemática, la arquitectura y el arte, y por supuesto la medicina que hoy todavía se practica bajo los principios que yo instauré. El juramento hipocrático que según entiendo asumen los profesionales de la actualidad me enorgullece realmente y es parte de mi felicidad aquí. Pero volviendo al tema que nos atañe, nuestros muertos quedaban con la cara descubierta y se les hacía una corona de flores, un detalle muy importante hasta el presente. Los pies siempre debían apuntar hacia la puerta principal de la casa. Hombres y mujeres presentes en el velorio llevaban trajes negros, grises o blancos. Los hombres debían llevar el cabello corto en señal de respeto y las mujeres tenían paso limitado, y sólo podían pasar aquellas consanguíneas muy cercanas. No sé si lo hagan todavía, pero en mi época, le ponían una moneda en la boca al muerto para pagar a Caronte, el barquero del mundo subterráneo de los muertos encargado de transportar las almas a la orilla opuesta del tenebroso Aqueronte. Las mujeres espantaban las moscas y se protegían del sol usando sombrillas y soplillos, dirigiendo el rito de los sollozos. Los cementerios eran construidos en las afueras de la ciudad, allí los cuerpos eran quemados en una hoguera con objetos de valor. Las cenizas las colocaban en una urna funérea. Al regresar del entierro, para purificarse, se bañaban para deshacerse de las impurezas de la muerte y preparaban banquetes en honor hasta el trigésimo día del funeral y también en los aniversarios. Al día siguiente la casa se lavaba con agua de mar.

La verdad es que el tema es inacabable para una sola charla y algunos se muestran ya cansados. Don Nepo, con su gesto medio ladino prefiere hacer mutis por el foro, sobre todo cuando ve que unas muchachas, parte de las once mil vírgenes de El Cielo, están jugando afuera del panóptico, riéndose como si estuvieran en la hora del recreo colegial. Pero mis padres sí se encuentran muy interesados, lo mismo que Sarai, en las extraordinarias conferencias, sobre todo cuando al cabo de un buen rato de escuchar a Hipócrates, el ángel nos anuncia que el gran Mahatma Ghandi está esperando su turno para hablar. No cabemos de la dicha.

Pasa entonces al atril, después de un momento, en medio de un silencio respetuoso por parte de todos, con su atuendo blanco característico, el gran Mohandas Karamchand Gandhi, nacido en un remoto lugar de la India en el siglo XIX y bajo el régimen del imperio británico.

Huele a incienso y aceites perfumados. El ambiente nos trasporta en forma espiritual a la época que él vivió, incluso porque se oye al fondo la música tradicional hindú, suave e hipnótica. Vemos que antes de empezar ha estado masticando una a una algunas nueces que saca de una pequeña bolsa, pero después comienza a hablar con su delgada pero penetrante voz:

—La muerte no es más, como lo hemos comprobado aquí, que un tránsito menor de un estado a otro por parte del espíritu inmortal que somos. La materia del mundo, de los cuerpos que habitamos un día, sólo un camino para alcanzar le perfección. Por ello quiero felicitarlos a todos. Ustedes también lograron vencer esa prueba, cumpliendo como lo hicieron, con sus deberes y viviendo la vida de acuerdo con el bien que no es sino la forma natural de ser de acuerdo con los principios sagrados de la vida: el amor, el respeto, la verdad, la compasión, la armonía con el todo. Como todos ustedes saben, nuestra cultura es una de las más antiguas del mundo. En la India tenemos desde la más remota antigüedad unas creencias bastante diversas en comparación con las de la mayoría de las culturas. Vivimos y creemos en la divinidad a través de muchísimas formas, representaciones, iconografías. Pero lo importante al final es que esa divinidad no tiene porqué reñir con la idea de lo sagrado que ahora todos compartimos. Nuestros dioses innumerables confluyen a la postre en el Dios Uno y Trino que los teólogos de occidente concibieron. El Dios único y el Dios diverso de todos los credos.

—Oh, maestro —dijo de repente el filósofo Krishnamurti quien por allí estaba escuchando desde un rincón del panóptico. —Lo que me confirma que la idea de lo sagrado no depende de las religiones, depende de la capacidad espiritual que cada ser humano pueda experimentar y la manera de vivir y relacionarse con la gente y con la naturaleza.

—Así es, noble amigo —continúa Ghandi. —Las religiones causaron muchas guerras y matanzas, muchos odios, muchas tristezas e injusticias a la humanidad. El fanatismo no ha hecho otra cosa que entorpecer el libre desarrollo de las personas según los principios innatos en él de la bondad, del respeto y de la alegría de amar. Pero esa es una historia bastante amarga que es mejor dejar que juzgue pronto el gran Hacedor. Por ahora, déjenme hablarles un poco de la tradición que tenemos en nuestra cultura frente al tema de la muerte. Como bien saben, las riberas del río Ganges son consideradas lugares sagrados y para los hindúes constituyen un referente cotidiano a lo largo de la vida. Con solo mirar el agua se pueden empezar a borrar los pecados y a sentir una gran paz interior. Entrar en esas aguas purifica el cuerpo y el alma y es así como constantemente nuestro pueblo se acerca al gran río todos los días en un ritual de forma permanente. Cuando alguien muere se envuelve en tela de luto, blanco para los hombres y rosado para las mujeres, se lleva en camilla hasta el ghat, que es como una especie de gradería para llegar al río. Allí se le baña para purificar su cuerpo por última vez y entonces sí se libera su alma con la esperanza de alcanzar el Nirvana, que es el estado supremo de paz al final de todas las reencarnaciones.

Allí en el borde del río se hace una fogata con sándalo y troncos de madera diferente para la cremación, y aunque a veces no se consume el cuerpo por completo, las cenizas son arrojadas al sagrado Ganges.

—¿Y es que se prohíben los entierros en la India?

—Preguntó Rocío Durcal, siempre tan atenta a estos temas.

—No, no se prohíbe pero es una tradición mayoritaria la de cremar los cadáveres, y creo que esta costumbre se está imponiendo en todo el mundo, pues al final es más higiénica y conveniente para no llenarnos de cementerios. Es muy usual que las damas no vayan al sepelio, porque son demasiado emocionales, lo que impide que el alma se purgue y se marche en paz. Si se muere el padre, es el hijo mayor quien lleva el luto y si es la madre quien muere le tocará al hijo menor, pero si es el esposo el luto lo llevará un hermano o pariente masculino. De verdad creo que hay mucho de machismo en mi cultura. Yo mismo traté de evitar ese atavismo injustificable, como el hecho de que las viudas tengan que prostituirse o morir de hambre cuando muere el esposo. El luto se empieza una vez termine el funeral y este se lleva mediante una dieta vegetariana muy estricta, se retiran de actividades sociales y mantienen una actitud callada. Al cabo de diez días cuando terminan el luto se van a rio a bañarse y allí se sacan las ropas blancas, los hombres se afeitan y se rapan la cabeza y las mujeres se cortan las uñas y por ultimo realizan un banquete en señal de que la vida continúa. En tiempos pasados las esposas se inmolaban al lado de los esposos muertos en señal del amor y la virtud hacia su compañero. Pero en definitiva esta costumbre fue prohibida los ingleses, cosa que a mí no me disgustó. Es triste ver cómo la viuda queda en la práctica condenada al ostracismo y también es triste ver el sistema de castas que todavía rige, donde los llamados intocables no parecen tener derechos humanos. Sin embargo, cuando los hindúes emigramos a otros países por motivo de trabajo, algunas mujeres recobran cierta libertad y quizá algunas consideren la posibilidad de tener un nuevo compañero sin que sea recriminada.

La conferencia del maestro Ghandi continúa por un buen rato hasta que, tal vez ya deseoso de descansar, el ángel dio por terminada la sesión. Salimos a contemplar la belleza de los jardines y a conversar acerca de los temas que tanta maravilla han compartido con nosotros esos grandes espíritus. Estas charlas se programan en El Cielo para aprovechar los conocimientos de tantos sabios y genios de la humanidad que allí están, lo que constituye otro de los goces maravillosos e inagotables destinados a quienes por fin estamos aquí.

Con mi bella Sarai voy caminando ya al atardecer, bajo los hermosísimos árboles y como llevados por un impulso inexplicable nos vamos desviando hacia las cristalinas corrientes de un riachuelo que invita a echarse un chapuzón. Es el momento en que por fin, el deseo se desata hasta arrebatarnos con toda su fuerza, y bajo el agua y la sombra de los frondosos naranjos, manzanos y zapotes que allí nos rodean, hacemos el amor como jamás en la tierra lo habíamos hecho. Nos sentimos otra vez como Adán y Eva en el paraíso, pero esta vez sin el temor de ser arrojados de allí porque sabemos que por siempre, ya todo ha vuelto a redimirse en nosotros.

Al regresar nos damos cuenta de que escondidos tras los árboles, y muy maliciositos ellos estaban espiándonos nada menos que Eros, el antiguo dios del amor y su hermano Anteros, el dios de la pasión. De seguro ellos han sido nuestros mejores cómplices y seguirán siéndolo por toda la eternidad. Volando cerca de nuestras cabezas, de pronto Eros nos susurra:

—Si les gustan las emociones fuertes, les tenemos una invitación. Pero tienen que prometer no contárselo a nadie…

—De acuerdo —decimos Sarai y yo casi en susurros también.

—Vayan como en media hora al salón de *Las Nubes,* donde nos reunimos los ángeles que no estamos de vigilancia, allá les contaremos.

Nos sentamos sobre una roca a comernos una

papaya grandota y cuando la mayoría en el cielo se ha ido a sus respetivos sitios de reposo, sin que nos adviertan los querubines custodios nos dirigimos al sitio de la cita. Al entrar en el salón vemos a los angelitos de menor jerarquía jugando tute, dominó, parqués y ajedrez. Eros y su hermano están fumando y se hacen un guiño entre sí al vernos.

—Parece que a los ángeles se les mete el diablo de vez en cuando —le digo con malicia a Sarai. Ella se ríe bajito.

Esperamos un rato mientras terminan de fumar y el juego de ajedrez que al comienzo no habíamos advertido. Y al fondo del salón como si fueran un buen corrillo de amigotes, los siete arcángeles, Gabriel (ángel guía), Rafael (ángel curador), Miguel (símbolo de la justicia perfecta), Uriel (ángel de la paz), Cassiel (ángel de la soledad y de las lágrimas), Chamuel (alabanza de Dios) y Zadquiel (ángel de la benevolencia y compasión) cantan en coro la canción de Piero: *De vez en cuando viene bien dormir*:

—Amigos, qué tal pegarnos una escapadita a bailar y a ver acción con los verdaderos pecadores. —dice entonces para nuestra sorpresa el malicioso Eros apoyado con una sonrisa también pícara de Anteros. —Vamos allá donde todos temen llegar al final de sus días, después de todo eso no representará ningún pecado para ustedes siempre y cuando vayan bien acompañados…

Capítulo III

Una nochecita en El Tostadero

Después de unos momentos Sarai, casi en voz baja y medio maliciosa, me dice:

—¿Vamos a ir a El Tostadero entonces?... Menos mal que no me vas a dejar con la curiosidad, por culpa del miedo.

—Claro que iremos querida, ya que estaremos bien custodiados. Conocer a Satanás, es decir, a Luzbel con todos sus demonios debe ser espeluznante. Pero no tengo miedo, mi amor. —le respondo con cierta sonrisa que finge tranquilidad.

—Sí, pero sólo esta noche estarán a salvo, porque

contaremos con el Ángel que los acompañó hace poco a la excursión nocturna en la tierra. Tienen suerte de caerle bien. Como que los estima un poquito…Eso sí, al amanecer deberán estar de regreso con él, no sea que se queden allá abajo para siempre…—Dice Anteros mientras exhala el humo de su cigarro en forma de círculos.

Sarai y yo nos miramos con cierto delicioso temor, parecemos un par de adolescentes con ganas de darse una escapadita a "rumbear" sin permiso. Consideramos que después de todo, hay que experimentar todavía algo nuevo, así estemos muertos y salvados. Somos incorregibles.

—Entonces vámonos ligero —les pido a Eros y Anteros que, en un momento, terminan sus cigarrillos, se ponen sus chaquetas y sus gorras, agarran sus mochilas y salen con nosotros para encontrarnos con el ángel cómplice.

Atravesamos un largo pasillo que conduce hacia las afueras de El Cielo, a esa hora medio oscuro. Sarai y yo nos sorprendemos al ver cómo corren por allí ratas hambrientas.

—¿Las ratas son también animales del cielo? —pregunta Sarai extrañada.

—¿Y por qué no habrían de serlo —responde Anteros.

—Porque siempre han sido animales que todos desprecian ya que causan enfermedades a los humanos y roen todo lo que ven. —dice Sarai.

—Todos los animales son de Dios y son libres de entrar donde quieran porque ellos son inocentes siempre, sin pensar en bien o mal, por lo tanto no cometen pecados, no tienen religión, ni reglas sociales; no necesitan ni cielo ni infierno. No se les puede juzgar por el daño que causan al hombre. Hay que tener en cuenta que todos son útiles de alguna manera. Están en el mundo por gracia divina y no son mal intencionados. Es el hombre quien de forma física más daño causa a los animales. —dice Eros.

Recuerdo no sé por qué en ese momento a la gente que se pasa ilegal a otros países, por lo de las ratas. Debe ser parecido el viaje. Lo contradictorio es que salen de su lugar de origen donde conocen, de donde nadie los está echando, y se van de bobos a que los humillen porque no hablan inglés, porque son chiquitos y feos. La ambición siempre lleva al hombre a cometer acciones muy riesgosas. Claro, pero es que la necesidad a veces tiene cara de perro, como dicen.

El ángel guardián nos está esperando al final del pasillo junto a un portón de madera antigua que se me parece a los portones de guadua que teníamos en la finca. Parece que es una de esas entradas clandestinas que hasta en El Cielo no faltan. En un momentico estamos afuera y la oscuridad del abismo vuelve a sobrecogernos. Sarai se agarra de mí y yo del manto del ángel, aunque en nuestra condición de almas desencarnadas podemos volar igual que él, que Eros y Anteros. Es que por la costumbre todavía experimentamos miedo a caernos. Pero al fin, en medio de la tiniebla vamos bajando, descendiendo con avidez hacia las regiones infernales que de pronto comienzan a aparecer.

Aterrizamos en el borde mismo de El Tostadero. El ruido y el olor a azufre que llenan la atmósfera nos confirma que hemos llegado a allí. El ángel guardián nos advierte:

—Debemos ser prudentes…Recuerden que estamos en territorio enemigo. Que veremos gente mala, que podríamos caer en sus trampas. Así que ojo con lo que hacen. Por mi parte trataré de cuidarlos lo más posible

Eros y Anteros no dejan sin embargo de hacer bromas. Y para completar en ese momento surge de las tinieblas o entre los matorrales un gigantesco gato negro con las uñas desplegadas dispuesto a rompernos el cuerito del alma.

—Miauuuuuu...Grgrgrgrggr —escupe el felino todo erizado, mostrándonos sus garras y orinando fuerte para ahuyentarnos con el aroma. Nos persigue un buen trayecto pero cogemos garrotes para defendernos, al menos para asustarlo y así logramos evadirlo. Y al cruzar sobre un largo puente de bejucos, por un momento recordamos cuando en los paseos brincábamos sobre ese tipo de puentes para asustar a los niños. Sarai parece recordarlo y parece experimentar el mismo vértigo, lo que para nosotros no deja de ser gracioso.

Todavía sin llegar a El Tostadero, alcanzamos a ver unas grandes pailas humeantes junto a las cuales se mueven unas sombras extrañas.

—¿Y esa gente qué está haciendo…¿fogatas? ¿Calientan aceite? —pregunta Sarai —¿Qué cocinan ahí?

—Ja, ja, ja, ja, no es precisamente para freír buñuelos, es para ir preparando el recibimiento de los condenados —contesta Anteros mientras Eros se burla con disimulo de Sarai.

Vamos acercándonos ya por los alrededores de El Tostadero mismo a través de una especie de cañada, que para Sarai, resulta parecida a los canalones que de niña veía en su pueblo donde la gente afirmaba ver duendes que extraviaban el camino.

—¡Ay!, ojalá ahora no nos vaya a salir el maldito duende porque ahí sí sería nuestro fin —digo como para meterle más expectativa al momento…

—Dejen ese miedo que a esta hora está dormido, uno

atrae lo que piensa y el miedo es el peor enemigo. —dice Anteros— El miedo a cualquier cosa mala tiende a atraerla…

Nos acercamos hasta una puerta gigantesca, como la entrada de un castillo feudal, igualito al de las películas de Drácula. Sarai tiembla agarrada de mí, pero con ese sustico chévere que las niñas experimentan cuando van a una película de terror. Yo mismo no hago otra cosa que castañetear los dientes, a pesar de que somos apenas sombras blancas flotantes.

El castillo, que en realidad es la fachada primera de El Tostadero, se yergue a una altura incalculable y se extiende hacia el fondo hasta confundirse con la más absoluta tiniebla. Alrededor se extienden las aguas de un lago helado poblado de serpientes gigantes que asoman sus múltiples cabezas exhalando un fétido vapor verdoso. Los miasmas, la sangre que mancha esas aguas, los monstruos que allí se agitan y las temibles sombras de dragones que más allá se adivinan nos hacen temblar de terror. No es un ambiente agradable en lo absoluto. Sin embargo, avanzamos detrás del ángel a cuyo paso todas esas amenazas retroceden. Continuamos avanzando, cruzamos sobre la inmensa laguna y sobre el tenebroso foso de los dragones.

Aprieto la mano de Sarai y escuchamos gritos a lo lejos. Sabrá el diablo quiénes estarán pasando lo peor. Me viene a la mente la imagen de los campos de concentración nazi. Así debió ser la atmósfera de terror. Y para completar comienza a escucharse por todas partes un ruido de angustia infernal, mezclado a los gritos de desesperación, el sonido bestial de una especie de vallenato o reguetón espantoso. Es posible, pienso, que aquí en El Tostadero les guste hacer también lo que ciertos paramilitares colombianos pusieron en práctica algunas veces cuando, mientras mataban y torturaban a las personas de los pueblos, ponían a todo volumen música bailable acompañándose entre risas macabras con grandes dosis de aguardiente, ron y cocaína.

—Cantan las lechuzas con tristeza, nos están mirando con esos ojotes redondos y algunas revolotean a nuestro alrededor…—dice llena de miedo Sarai.

—Me está dando *cutu cutu,* muchachos y yo fui la de la idea de venir por aquí..

—Ssshhh…No es hora de arrepentimientos, estamos casi en la puerta. —dice Eros en voz baja.

Al fin llegamos ante el gigantesco umbral. Y parado allí se encuentra un musculoso y rubio guardián, parecido a un guerrero nórdico. El ángel le hace una señal y el hombre parece comprender que somos una visita especial. Levanta una especie de trompeta con la que emite un largo toque como señal para que las puertas se abran. El ángel, Eros y Anteros toman la delantera y tras ellos, penetramos en la mansión siniestra.

Es como entrar en la pesadilla más cruel. A pesar de nuestra condición de seres ya purificados venidos de El Cielo, el aire de El Tostadero parece querer devorarnos. Es algo pesado, calientísimo, nauseabundo. Y el ruido se incrementa al máximo. Todos los aullidos, todos los quejidos, llantos, insultos, órdenes, carcajadas satánicas, estampidos, explosiones y sacudidas se concentran sobre nuestras cabezas. Las tinieblas se iluminan con las llamaradas, el fuego inapagable en el que se asan en carne viva los condenados de todas las especies. Es lo mismo que nos contaban de niños, e incluso peor.

Sin embargo, y aunque parezca increíble, a medida que transcurre nuestra visita, vamos acostumbrándonos y descubriendo que hasta en El Tostadero también hay vida, también hay goce pagano, pero goce al fin. En medio de tantos terrores por momentos alcanzamos a ver mujeres desnudas que corren coquetas hacia ciertos rincones de donde emana la música más estrambótica, y claro, me doy cuenta de que allí algunos diablos se encuentran divirtiéndose. Sarai se escandaliza con la visión. Pero como estamos de visita clandestina nos sonreímos y tratamos de acomodarnos a lo que vemos, más cuando el ángel, Eros y Anteros parecen también disfrutarlo.

—Y esas viejas qué...—pregunta Sarai a Eros, como para salir de la duda.

—Hummm, no sabría decirte sin son invitadas del diablo y aún están vivas, o si son parte del harem de diablas que lo acompañan, y a veces se divierten con los demás diablos. Reconozco que se ven sexis pese a lo vulgares que son. —responde.

Con las mujeres vemos también pasar a una pequeña tropa de travestis, que es posible se hayan escapado algunos de El Cielo, porque no todos son condenados. Me llama la atención uno de ellos muy parecido a mi admirada Elizabeth Taylor. Sarai alcanza a mirarme un poco recelosa...y entonces disimulo comentando lo horrible que se ve el panorama que tenemos alrededor.

—Pero muchas de esas mujeres no están condenadas, supongo. —pregunto a Anteros. —A lo mejor, si están vivas, pueden regresar a la tierra y retomar un camino distinto.

—Sí, es posible. Nunca el alma humana puede perder en total la esperanza. A lo mejor algunas de estas mujeres han tenido vida difícil a causa de la mala situación económica en la tierra, y es muy probable hayan llevado una vida bastante triste también y aún pudiera ser que la gracia divina las redima. No hay nada imposible para Él. Es más, creo que muchas de ellas han podido ir sin problema a El Cielo porque dieron amor a sus hijos y soportaron por ellos muchos sufrimientos.

Más adentro de El Tostadero, y gracias al respeto que infunde el ángel guardián que nos guía entre tantos horrores, vamos descubriendo que no todo es tan feo y horrible. En algunas zonas se ven palacios muy bien decorados que aunque construidos de roca negra y levantados bajo la oscuridad, resplandecen majestuosos y se ven destellar por dentro con luces de colores brillantes, como en esas discotecas góticas de los muchachos de ahora. Vemos puertas y ventanas bordeadas en oro con incrustaciones de esmeraldas y rubíes. Allí habitan los demonios más poderosos con diablitos a su servicio, pero también, nos cuenta el ángel, personajes muy importantes en otro tiempo que no quisieron salvarse y siempre fueron rebeldes, como Voltaire, Marx y otros ateos memorables que aunque vivieron con dignidad en la tierra, eligieron voluntariamente El Tostadero por puro gusto de sentirse libres y auténticos. Pero en los alrededores de los palacios vemos pulular multitudes de mendigos zarrapastrosos, llenos de gusanos y llagas, que según el ángel, en vida fueron políticos corruptos, ricos banqueros que acumularon fortunas a costillas de los pobres. En otro lugar, metidos entre sepulcros blanqueados, pero devorados por toda clase de bichos repugnantes día y noche, están los falsos predicadores religiosos, los hipócritas que en la tierra aparentaron una falsa santidad para explotar a los más necesitados y alcanzar el poder político.

En algún momento pensamos que el viento nos impulsa y caminamos en dirección de una luz roja muy extraña y poderosa. Una fuerza misteriosa nos atrae hacia ella y a medida que nos acercamos, olores más fuertes que parecen ser perfumes exóticos llegan hasta nuestro olfato —puesto que a pesar de no tener corporeidad material, los sentidos siguen funcionándonos —.Cuando penetramos en la luz todo se hace más intimidante. Es como un jardín inmenso sembrado de árboles de sangre, vómito y estiércol por donde se pasean las más repugnantes criaturas, desde arácnidos gigantes hasta serpientes de tamaño descomunal. El piso es de grava cortante, y lleno de brasas ardientes, plantas venenosas que emanan pestilencia. Entonces comprendemos, éste es el jardín principal que rodea el palacio del propio Satán y la luz roja viene de allí. Seguimos adelante y en pocos instantes estamos entrando por las puertas, bastante lujosas eso sí, de la propia casa del rey de El Tostadero.

—Hemos llegado a la casa del Diablo mismo —dice el ángel mientras los guardias infernales abren paso—. Tenemos que ser muy prudentes con él. A veces está de mal humor, como a veces puede ser en exceso amable y hasta zalamero. Tengan cuidado y traten de no cometer alguna imprudencia.

La mansión de Satanás, después de todo, no me impresiona demasiado. Me recuerda los lujos y el mal gusto de algunas casonas de ricos que conocí en la tierra: Paredes de mármol rojo, enchapados en oro y hasta perlas enormes, cortinajes de terciopelo negro, grandes estatuas de mujeres y hombres en actitudes insinuantes, pebeteros, piscinas llenas de vino y cerveza, etc. La servidumbre, como es natural, conformada por diablos gordinflones y de aspecto afeminado. Pero Sarai está vivamente impresionada. Boquiabierta. Nos detenemos en el salón principal mientras el dueño baja a saludarnos. Sabe que estamos aquí, con toda seguridad, en visita clandestina y eso nos atemoriza. Podría ordenar nuestro secuestro y dejarnos encerrados en El Tostadero, al menos a Sarai y a mí, por pura maldad. No obstante, cuando aparece, como todo un playboy, con el aspecto de un don Juan, nos extiende la mano con mucha amabilidad y nos da la bienvenida. Toma asiento sobre un gran sillón y, descubro que comienza a coquetearle a Sarai. Ella lo ve con certeza muy atractivo gracias al poder que refleja. Pero el ángel la hace abrir un poco los ojos antes de que sea muy tarde y enseguida me mira como aliviada.

Por su aspecto, músculos bien marcados, nos

damos cuenta de que si es aquel Lucifer bellísimo que dice la historia. Sus ojos reflejan un gran encanto, y su sonrisa enmarcada en unos labios gruesos y sensuales, se parece a la del mismo Sandro, el cantante que tanto admira Sarai. Dos diablos traen en una bandeja de oro una botella de aguardiente antioqueño con las respectivas copas y, con gentileza, nos invita a un trago. Hasta el ángel acepta y mucho más nosotros que no queremos que esta noche se vaya a palo seco.

—Me agrada que de vez en cuando vengan de allá arriba a hacerme la visita. Yo sé que al supremo jefe no le gusta, pero de malas, después de todo es bueno saber que aquí también pueden pasarlo sabroso. —dice el diablo relamiéndose los labios con su rojísima lengua y guiñándole el ojo a Sarai que no puede evitar ponerse como un tomate a pesar de ser sólo ya una sombra blanca como yo.

Después de un rato de amena conversación con don Satán, y lamentando que don Nepo no nos haya acompañado para verlo sufrir y decirle cosas al diablo, nos despedimos dándole las gracias para continuar nuestro recorrido. Con el ángel volvemos a salir de casa del jefe de El Tostadero y nos vamos yendo por una especie de barrio bastante elegante en apariencia, desde donde sale otra vez toda clase de música a todo volumen: salsa, metálica, merengue, cumbia, reguetón y bachata.

Detrás de las fachadas elegantes sin embargo, toda clase de tormentos siguen administrándose por parte de los demonios a muchos otros condenados: gente hirviendo en aceite, atravesada con estacas, mutilada, etc. De pronto Sarai descubre a una señora gorda a quien le están machacando la lengua en un yunque al rojo vivo dos diablos que le gritan:

—¡Por chismosa, vieja bruja, por bochinchosa y daña matrimonios, ahora pagas tus culpas por toda la eternidad!

—¡Vamos! —me dice entonces Sarai halándome fuerte de la mano. —Esa vieja la conozco, es Adelina, la que le contó todo a mi marido para que me matara. Quién iba a imaginar que me tocaría encontrármela aquí…

—¿Te olvidas del lugar dónde estamos? —digo riéndome al verle la cara de espanto.

—No, pero nunca creí que fuera tan dura la cosa.

—Sigamos derecho hasta donde se ve esa luz morada—dice Anteros .—Allá hay una discoteca, necesitamos relajarnos un poco.

—¡Una discoteca en medio de semejantes horrores! —exclamo, sorprendido en verdad. Parece que El Tostadero es el lugar de todas las paradojas, pienso. Y Sarai sigue de asombro en asombro también.

A un lado de la calleja de los martirios nos

encontramos de pronto ante las puertas de una tremenda discoteca al pleno estilo latino: salsa y reguetón a todo volumen y unas chicas semi desnudas bailando grotescas con corpulentos demonios. Estas son las mujeres que hemos visto hace un rato. Están en pleno furor báquico. La letra del reguetón que en ese momento suena, lo describe todo: "*...agáchate negrita y mueve esa cadera, /mañana seremos completamente desconocidos/ pero esta noche vamos a jugar lo prohibido...*" El humo asfixiante de toda clase de cigarrillos y otras sustancias nos marea, nuestras sombras parecen confundirse con él. Un aviso luminoso anuncia el nombre de la discoteca en lo más alto: *Bar dis*coteca *El Polvorete*. Con razón, decimos todos y no podemos evitar una sonrisa. Por cortesía de la casa aparece antes nosotros una gran mesa repleta con todos los licores habidos y por haber. Pero decidimos sólo probar una copita mientras vemos el espectáculo en medio de la algarabía más terrible. En definitiva este lugar ya nos empieza a cansar. Y calculando el tiempo parece que apenas es medianoche.

Pero al fin, para no desentonar del todo, Sarai y yo nos ponemos a bailar un poco más por hacernos los graciosos y divertir al ángel que nos da la impresión de estar supremamente aburrido. De la misma manera Eros y Anteros también aprovechan para moverse cada uno al ritmo que toquen. Parecen haciendo aeróbicos.

Como a la hora salimos de allí y continuamos nuestra excursión nocturna. Descubrimos algunos otros lugares de castigo de donde surgen alaridos impresionantes. Uno de los lugares más horribles que vemos es el de los violadores. Allí encontramos a toda clase de personajes legendarios y de ingrata recordación, desde la famosa Condesa Erzsebeth Bathory, asesina de más de 650 muchachas, hasta el demente Luis Alfredo Garavito, el asesino en serie de más de 180 niños en Colombia a quienes torturó y violó a su gusto. Los diablos se ensañan ahora en ellos con especial denuedo y sin afanes: los calcinan, los desangran, les arrancan las uñas, la lengua, el cabello, los despellejan, los arrastran, etc...En un ciclo interminable porque siempre vuelven a regenerar sus miembros constantemente para continuar sintiendo el máximo de dolor. Allí están también otros violadores, como el de Pennsilvania y el Mataviejitas, el Carnicero de Berlín, el Vampiro de Düsseldorff y otros muchos a quienes no alcanzamos a identificar.

Nos parece curioso ver en algunos lugares, el listado de pecados y su respectivo castigo diario por toda la eternidad:

Pecados mortales: Asesinato, violación, tortura, corrupción, esclavismo, secuestro, persecución a gente indefensa, abuso de poder, injusticia, engaño premeditado con perjuicio de personas inocentes, destrucción de la naturaleza. Estos se castigarán con el máximo rigor de manera continua y sin descanso por medio del fuego, la tortura, el asesinato, la violación, el esclavismo, el secuestro y todos los instrumentos disponibles para ese efecto. No habrá compasión jamás.

Otros pecados: Gula, avaricia, vanidad, pereza, ira, envidia, orgullo, etc. Se castigarán de acuerdo con el tiempo dedicado a cometerlos por parte de los pecadores y con métodos ejemplarizantes que recuerden siempre la estupidez y el daño que causaron en la humanidad y en lo propios seres. Se harán terapias de reeducación permanente a lo largo de miles de años sin esperanza alguna de salvación.

Uno de los castigos que más nos llama la atención es el de los golosos. Se les dan toda clase de cosas repulsivas: gusanos, serpientes, escorpiones, cucarachas... que tienen que tragar obligados y de continuo...hasta vomitar, para luego volver a engullir todo una y otra vez. El asco es intolerable.

Seguimos transitando ya con cierto hastío por muchos otros recovecos de la inmensa región de El Tostadero. Es un turismo macabro el que estamos haciendo como en una pesadilla. Pero por estar viviéndola con Sarai se me hace menos difícil. Toda la vanidad, la codicia, el egoísmo y la maldad humanas terminan aquí, o mejor, continúan aquí para siempre expiando el daño que causaron. Un infierno que empieza desde la tierra misma donde los sufrimientos se multiplican a causa de este egoísmo, esta torpe naturaleza del ser humano que lo lleva a cometer toda clase de desafueros para con sus semejantes, para con la vida misma que le fue dada.

El resto de la noche se pasa pronto y entonces Anteros nos informa:

—Vamos ya saliendo de este lugar. Creo que ha sido suficiente. Es demasiado pesado. Si pasar unas horas aquí se vuelve difícil, cómo será estar por toda la eternidad y bajo los tormentos que hemos visto…

—Sí, ¡gracias a Dios! —dice Eros —Acuérdense de llegar calladitos, van siendo las cinco de la madrugada y no queremos que se den cuenta de nuestra salidita.

—Por supuesto que no haremos nada que llame la atención...—decimos Sarai y yo, agradecidos. En el gran vestíbulo de El Tostadero los guardianes nos abren las gigantescas puertas y de nuevo, volando pegados al Ángel, comenzamos a remontar el éter hasta aproximarnos a El Cielo que a esa hora se nos aparece mucho más hermoso en su maravillosa luminosidad. Con habilidad el Ángel nos abre de nuevo aquel portón clandestino y seguidos de Eros y

Anteros, ingresamos apresurados antes de que alguien advierta nuestra irregular entrada. Nos despedimos de nuestros amigos celestes dándoles las gracias y descansamos un buen rato en nuestro nido mientras los primeros ruiseñores anuncian un nuevo día.

No imaginamos, sin embargo, lo que viene en este preciso momento…

Juicio final

Un trueno súbito en medio de la más absoluta calma de El Cielo anuncia entonces algo terrible y totalmente inesperado. La corte celestial en pleno aparece de repente en lo más alto y la majestuosa luz del Supremo llena todo el espacio. Todos los ángeles, arcángeles y serafines se ven en toda su magnificencia ataviados con sus armaduras de oro y sus coronas. Forman sobre nuestras cabezas una indescriptible figura en forma de pirámide en cuyo ápice se encuentra el mismo Dios comandando sus huestes. Parece como si en ese momento se hubiera declarado la guerra contra algún otro reino. Pero entonces, en inmensas letras de fuego, sobre el infinito, vemos el anuncio:

¡El día del juicio universal ha llegado!...

Incluso, sabiendo que estamos ya en El Cielo, hay una gran expectativa por lo que será este día. El temido día. Para la humanidad que todavía habita la tierra debe ser terrible lo que está pasando desde este momento. Imagino los cataclismos, imagino el pánico en las grandes ciudades cuando vean aparecer desde las alturas estos ejércitos de ángeles y comiencen a ser llevados todos ante la presencia del Supremo Juez. La oscuridad se hace mayor allá abajo. Sarai y yo nos situamos junto a los personajes más queridos que ya son nuestros amigos y demás familiares para abrazarnos y esperar lo que acontecerá.

Todo cuanto estaba anunciado en las profecías comienza a suceder y nos damos cuenta de esto porque en un instante todos los espíritus nos juntamos en una sola fuerza que adquiere la capacidad de contemplar en directo lo que está sucediendo en la tierra y todos los demás lugares del universo en esos momentos. Vivos y muertos estamos a punto de reencontrarnos otra vez bajo la luz de la verdad definitiva. Puedo darme cuenta de lo que está pasando en mi querido pueblo, Ulloa, con mis hermanos y hermanas, con mi Rosario, con mi hija, con todos los seres que alguna vez compartieron la vida conmigo. Y pese a mi condición ya espiritual no puedo dejar de conmoverme en lo profundo de mi alma. Sarai está pasando también por el mismo estado de sentimientos y la veo sollozar, mientras nos abrazamos lo más fuerte posible.

El panorama en la tierra se revela aterrador ante nuestro ojos: la muerte cumple su última misión, y nadie escapa ya a su guadaña. Millones de personas exhalan su último suspiro en medio de los terremotos, los tsunamis, los incendios, temblores, las explosiones volcánicas, el enrarecimiento del aire, los rayos y el propio terror que los precipita al abismo. Prefiero no saber cómo mueren los míos, mi niña, mis amigos. Siento que las antiguas lágrimas terrestres regresan para ocultar esta visión. Y sé que no estamos soñando.

Al cabo de un largo gemido que sube desde el fondo de este desastre, poco a poco vuelve el silencio. El Cielo se ha abierto en su totalidad a la vista de los humanos y de todos los seres vivientes del multiverso, porque en ese instante nos damos cuenta, no había un solo universo como pensábamos, sino muchos más coexistiendo paralelamente con billones y billones de mundos espléndidos regidos desde siempre bajo la voluntad del Supremo. El pequeño mundo nuestro llamado tierra apenas era un minúsculo "grano de arena" en la infinitud de "playas" que conformaban la creación. Pero ha llegado el final, y ahora, todos estamos atentos a la Palabra absoluta que fundará un nuevo orden, una nueva era de armonía donde la diversidad vuelve a la unidad original, donde el todo se vuelve uno, según lo intuyeron los grandes místicos en todos los tiempos.

Viene así la apoteósica reunión de los vivos y los muertos. De pronto, nosotros mismos, quienes ya somos espíritus, todas las multitudes de El Cielo y de El Tostadero, volvemos a retomar, como quien tiene que ponerse de nuevo un vestido para una ceremonia, nuestros antiguos cuerpos y, sin saber cómo, nos vemos otra vez, aunque ya no en la tierra sino en una especie de Valle intermedio entre lo material y lo inmaterial, frente a frente con todos nuestros semejantes sin importar odios, amores, diferencias políticas, ideológicas o religiosas. Todos los rostros están ahora como hipnotizados bajo la poderosa luz de lo eterno.

El inabarcable Valle donde ahora está reunida la humanidad entera, entre vivos y muertos, seguramente no es el único en este gran juicio. Debe haber muchísimos lugares más donde también otras especies de seres están igualmente reunidas. Así nos los dice la voz de nuestro amigo Eros acercándose en algún instante a Sarai y yo. Con nuestro aspecto de antes, aunque sólo sea mientras pasa el juicio, seguimos sin embargo con vigor abrazados. Veo a don Nepomuceno muy cerca de nosotros, con la misma cara con la que lo vi la primera vez y aunque nos saludamos con alegría percibo que ha cambiado interiormente, que todas las experiencias últimas lo han transformado de verdad.

El sonido atronador de la trompeta que el Ángel

de Dios hace sonar, nos sobrecoge. Y cuando menos lo esperamos, se escucha la gran Voz, la voz misma del Hacedor que dice, supongo que en un idioma que al fin todos entendemos sin dificultad, el mismo que se habla en El Cielo sin darnos cuenta:

—Vengo a ustedes, hijos de la tierra, como un padre a su hijos, para recoger lo que cada uno ha hecho de su vida, a entregar centuplicado el fruto que cada quien merece luego del tiempo que le fue concedido. Es la hora. Vengan a mí los justos de corazón, entren a disfrutar por siempre de la dicha prometida. Y a quienes no supieron cumplir y corresponder con la gracia de la vida recibida, vayan para toda la eternidad al reino de la nada y el dolor.

—Sólo lo veremos cara a cara cuando termine todo esto, si es que no nos mandan a El Tostadero por haber salido sin permiso anoche —digo a Sarai en medio de semejante solemnidad.

Lo que sigue parece algo burocrático, después de todo. Pues luego de hablar el Padre eterno, se dispone una especie de comité organizado por grupos vestidos con túnicas púrpura, blancas y azul celeste.
Ángeles, arcángeles y serafines vigilan los alrededores impidiendo que nadie quede por fuera del gran juicio para cuyo desarrollo comienzan a crearse interminables filas y filas para que cada persona pueda rendir cuentas de cada uno de sus pecados tanto como las buenas obras. El consuelo es que como el tiempo

ya no cuenta, y el cansancio físico tampoco, no hay afán para nada.

El orden está garantizado de antemano, como es obvio. Ya no valen aquí las cartas de recomendación, ni las prelaciones, ni la propina, ni el chantaje. Sarai y yo encontramos tranquilos nuestro lugar que, por fortuna, no es muy distante el uno del otro. Podemos vernos todo el tiempo mientras avanzamos. Un poco más allá veo a los míos, y me alegra mucho darme cuenta de que mi niña y su madre van juntas. Les hago un saludo con la mano y la niña me sonríe mientras agita la suya. Papá con el violín y mamá están también juntos, y no muy atrás, Perla, Amanda con una niña en brazos y mis demás hermanos. Sabemos que nos volveremos a encontrar todos para ya no separarnos y que Rosario entenderá mi nueva relación con Sarai así como yo entenderé y aceptaré la que sobre seguro ya debe tener. Al que no sé cómo le irá es a don Nepo, pese a los cambios espirituales que ya ha realizado. Ojalá le vaya bien, pienso.

Detrás del gran Valle del juicio, todos podemos adivinar la presencia de Satanás aguardando con sus propios ejércitos el resultado final. Su Tostadero se acabará de llenar hasta el tope. Mientras tanto, ya empiezan los gritos, los lamentos de aquellos que se creían salvados y pasan a ser conducidos rumbo a las tinieblas donde aguarda don Satán.

Al fin, a todos se nos cumple el turno y al llegar todo

aparece registrado en el Gran libro del juicio, desde lo más pequeño a lo más grande hecho o deshecho en el mundo. Sin embargo a quienes ya fuimos juzgados por primera vez al morir, el acta firmada por el juez que nos tocó aquel día aparece de nuevo y nos evitamos más preguntas o exámenes. Pasamos sin más problemas al grupo de los bienaventurados. Sarai vuelve junto a mí cuando ya ha cumplido también con su espera, lo mismo mamá, papá, don Nepo reunido con su esposa, mi hermosa hijita, Rosario, Perla, Amanda con su niña Juanita y todo el resto de los míos, con lo que la felicidad se hace total.

Para Sarai, estar de nuevo abrazando a sus hijos también la llena de indescriptible dicha. En ese momento sentimos los berridos del ex marido de Sarai, y lo vemos siendo arrastrado hacia las tinieblas donde lo esperan los demonios. Su expresión de terror y de arrepentimiento se deja ver mientras mira de lejos entre forcejeos inútiles a Sarai…y a su hijos ya para siempre apartados de él. Después, todo queda a oscuras como al comienzo de la existencia, según La Biblia pues y en silencio absoluto.

Con lentitud nuestros ojos vuelven a abrirse en luz maravillosa mientras nuestras almas ascienden ya hacia El Cielo por siempre, acompañados por toda la corte celestial que a lado y lado canta loas al Supremo en coros de arrobadora y fantástica belleza. Sarai y yo, junto a nuestros hijos y demás seres queridos, unidos por el amor inagotable que desde ahora disfrutaremos por siempre, llegamos por fin a El Cielo donde San Pedro se ha quedado sin trabajo, pero Dios lo va a pensionar, al fin descansa de su oficio, puesto que ya nadie más entrará o saldrá de allí. Afuera nada queda, excepto, allá en la profundidad, El Tostadero que en secreto hemos visitado providencialmente.

En nuestros corazones, eso sí, los recuerdos felices de nuestra vida en la tierra son también inmortales desde ahora: haber conocido lugares interesantes y bellos, enamoramos, levantar una familia, bañarnos desnudos en los ríos, hacer el amor cuantas veces nos provocó, escribir, leer los más hermosos poemas y novelas, escuchar música clásica, cuidar y disfrutar de la compañía de muchos animales, hacer travesuras de niños, de adolescentes, los bailes de aquellos tiempos de juventud, los viajes y hasta las dificultades pasadas para sobrevivir. Todo ello son nuestro mayor tesoro para la eternidad. Como reza el dicho, “Ya nadie nos quitará lo bailado”.

Como quien recoge el decorado de un teatro, los últimos ángeles rezagados, antes de entrar en El Cielo, terminan de apagar las luces de los universos allá abajo, y traen consigo, ya convertidas en bellísimas piedras preciosas, los billones de estrellas y astros esparcidos antes por los espacios y el tiempo, las mismas que vemos brillando ante nosotros mientras termino de escribir esta historia.

La autora

Blanca Irene Arbeláez, -Colombia. Radicada en New York. Presentó su primer libro en el New York Book Fair en 2010, y la Feria del libro de Bogotá 2011. "El primer amor nunca se olvida" en su segunda edición por Book Press NY, cuenta las peripecias de una joven en busca del amor allende las fronteras, los formalismos, a través de muchos sitios y en la dureza de la gran ciudad.

Su libro: "Cómo debemos morir", primera edición con Book Press NY y segunda edición por Argerust (Madrid) nos habla de que cuando las funciones biológicas terminan su ciclo, también acaba la vida de nuestro cuerpo. ¿Esta usted preparado para este último viaje?

Trisagio Mortis" (tres pasajes al más allá) por Artgerust Ed. (Madrid), y un libro inédito "Las Carangas resucitadas", 20 poemas y un libro de cuentos que publicará próximamente.

www.bookpressny.com
Book Press NY

2013

www.ingramcontent.com/pod-product-compliance
Lightning Source LLC
LaVergne TN
LVHW090954080826
845145LV00003B/1005

9780984703043